肋骨
巴黎
法國
莊園
牙齒
拇指
腳趾
亞維儂

義大利
墓園
頭骨
骨灰
羅馬
港口
男孩的旅程

沒有名字的男孩

凱瑟琳・吉爾博特・莫道克
（Catherine Gilbert Murdock）——著
曾馨儀——譯
張梓鈞——繪

這世上沒有地獄之鑰開不了的鎖

目次

第三章：欺騙、苦難和斷垣殘壁　163

第四章：抵達

導讀

你何以是今日之你？來一場自我追尋之旅！

邱慕泥／戀風草青少年書房店長

《沒有名字的男孩》故事一開始是「自我追尋」的青少年成長故事。但當你開始閱讀之後，馬上就會發現作者的企圖心不只有這樣子。

「自我認同」、「自我追尋」與「成長啟蒙」向來是青少年小說最核心的課題。根據我帶領青少年讀書會的觀察，有些國小高年級或國中時期的孩子開始會思考：「我是誰？」「我為什麼是我？」「我為什麼出生在這個家庭？」……等問題。法國大文豪雨果的不朽作品「悲慘世界」，主人翁尚萬強一直隱姓埋名，使用其他的名字，卻不斷地自問：「我是誰？」直到最後彌留之際才堅決地說：「我就是尚萬強。」人，總會在某個時刻想要再次確認這個問題。

書名為「沒有名字的男孩」，主人翁沒有名字，被稱為「男孩」甚至是「怪物」，只因為他是一個駝背的孩子，而駝背在當時被視為「不吉祥」的象徵，而被排斥、咒罵、丟石頭。

作家企圖透過小說情節的包裝，把一些人生哲理傳遞給閱讀者。說故事的人，期待著自己的故事能給那些面臨心理與生理轉型期的徬徨青少年一些啟示。懷疑與探索是人生自我追尋必經的路程，成長的階段往往透過啟蒙教誨，開始明白事理脈絡，進而自我超越、思想開悟。啟蒙與成長是青少年小說最核心的主題，視野可以啟蒙，人與人的情感可以啟蒙，進而自我意識也啟蒙了。

這讓我們想到了曾獲諾貝爾文學獎的德國作家赫曼・赫塞的作品《徬徨少年時》，所描寫的少年辛克萊追求自我的艱難歷程，主角接受引路人的指引，從不斷自我懷疑，到自我破繭而出，達到重生的過程，也像是我們反思自我成長的過程。

我認為諸如此類的小說，在「追尋自我認同」上，有四個要素值得細細品味，在《沒有名字的男孩》裡也可以得到驗證。

一、重要他人

人類是社會性的動物，若要在社會中生存下去，就必須將社會納入自己意識之中成長，我們無法在不和旁人交流之下而生存下來。我們一生下來，一開始交流的人，而慢慢形成自我意識的，就是自己父母與兄弟姐妹。這就是美國心理學家米德（George Herbert Mead）所說的：「重要他人」或者是「具意義的他者」。

故事的主人翁卻是孤兒，從一出生就沒有可以參照的「重要他人」。讓他的追尋自我認同的旅程更加艱辛，難以琢磨。總是不斷地懷疑自己、總需要「重要他人」來指引、來確認。這樣的角色也許就是收留他的佩特魯神父、帶領他踏上旅程的朝聖者賽昆杜斯，透過言教或是身教指引著「男孩」尋找自己在茫茫人生之中，屬於自己的定位，而這個定位卻是他安身立命的磐石。

二、鏡中自我

美國社會學家顧里（Charles Horton Cooley）提出「鏡中自我」，其含意是，人的自我意識是在與他人的互動過程中通過想像他人對自己的評價而獲得的。人們在鏡子中看到自己的形象，人們從他人對自己的判斷和評價這面「鏡子」中發展出自我意識。

儘管有了「重要他人」，但在主角的意識上並非如此就可以烙印清晰的自我模樣。他總是觀看周圍旁人的目光，看著他們怎麼看待他，就也就是社會學理論中「社會乃鏡中自我」，讓自我得以慢慢形成的根基。壞就壞在，故事的小小主人翁，竟然連一個「名字」都沒有，他自稱是「男孩」，別人都叫他「怪物」。他常常注意著，別人是不是叫他「怪物」，如果不是，就有偌大的喜悅。他最大的願望竟是「如果我的駝背能消失，不被叫做怪物，該有多好啊！」他竟連他真正的名字、他的身世來歷，都沒那麼渴望知道。正因為如此，我們知道「這位男孩」的自我認同與自我追尋必然是一條異常艱辛之旅。

三、自我覺察

相較於「重要他人」與「鏡中自我」是外在的材料，自我覺察則是需要個體內在自主形塑。透過自我覺察，人們可以了解更深一層的行為動機、感受意涵，與自身所重視的經驗或價值觀，提升對自我的了解和認同感。

所謂「師傅引進門，修行在個人」，再怎麼重要的「重要他人」之啟蒙，最終還是需要個人的開竅與啟蒙。開竅了，啟蒙了，看懂了整件事情的脈絡，主角就進入了另一個境界。

這個故事的主人翁，從「重要他人」接收到的訊息是「我還有工作要做」，而他透過自我覺察的能力，確認了這份工作的必要性，進而轉化成「我得找到一個家園」、「我花了點時間找到自己」。他覺察到了自己的潛能，並將其完整展現出來。

四、注定不平凡的經歷

大部分青少年故事的主角，一開始都是平凡人，但卻注定有著不平凡經歷。這些不平凡的經歷正是作者苦心營造的脈絡，好讓讀者順著這樣的劇情安排，與主人翁一同經歷與感受這些不平凡的，甚至是奇蹟的過程與境遇。平凡人中有著不平凡的追尋與探索。事實上，在旅程開啟的第一個晚上，山羊神奇地跑來陪男孩過夜，我們就應該知道，這位平凡的男孩肯定有著不平凡的使命。

很多自我追尋的故事，大多是如此開啟他的追尋旅程，首先是「在家」，然後「離家」展開旅程，最後「返家」——他又回到原本的家。在本書中，主角被重要他人帶著離開家園，但是過程中迷路了，完全失去方向。正當需要依賴重要他人時，這位他人卻不再或不能指引了，主角只好靠自己摸索尋找方向，找到了回家的方向，在這個過程中也找到了自己。這也隱喻著主人翁「自我追尋」意識的歷程：先是「啟程」，然後是「啟蒙」，然後「回歸」。只是經歷千辛萬苦經歷「返家」的男孩已經不是當初那個懵懂無知「離家」的男孩了。

本書除了是少年成長小說之外，它還是歷史小說，時間設定在一三五〇年，這一年有什麼重要的歷史事件呢？當時的社會結構又是如何呢？優先弄明白歷史故事的背景，是及早進入故事脈絡的重要功課。作者為此寫了「後記」，將這段故事的背景與重要事件，清楚描述，減輕了讀者閱讀時的障礙。因此，我的建議是，如果是青少年閱讀本書，或是不明瞭當時背景的讀者，可以先閱讀後記，瞭解故事背景與重要事件，讓讀者及早進入故事脈絡，好好享受閱讀的樂趣。

「我是誰？」你曾經想過這個問題嗎？「沒有名字的男孩」將開啟你重新認識自己的思索。這個故事是二〇一九年紐伯瑞文學獎榮獲銀牌獎之作。頒獎詞是這麼說的：「作者莫道克從本書一開始就讓讀者回到一三五〇年，跟一個男孩和一個神祕的朝聖者一起穿越歐洲，冒險尋找聖彼得的七件遺物。作者使用抒情的語言和多重隱喻相結合，創造了這個強大的救贖故事。」

這個故事，一開始是少年成長小說，後來是歷史小說，最後你發現，它還有奇幻的元素。我不能再多說了，故事要自己閱讀，用心閱讀，才有最深刻的感受。相信讀到故事最後一句的你，會跟我一樣，拍案叫絕——這個故事結局好妙啊！快翻開書，開始閱讀吧！

第一章：啟程

1．陌生人

許多故事都是從一顆蘋果開始的，這個故事也一樣。不過我故事裡的蘋果既不成熟飽滿，也不令人垂涎欲滴，只是顆早已過了採摘時節的皺縮蘋果，不但長在人搆不到的高處，而且又執拗地黏在樹枝上不肯掉下來。那顆蘋果懸掛在一根鞭子粗細的樹枝上，隨著三月的冷風晃盪；山羊在樹幹旁跳來跳去，咩咩叫著，一副心有不甘的樣子。

「你們這些山羊，不要這麼貪心。」我一邊爬樹一邊大喊，「你們已經胖得像豬一樣了，小心廚娘把你們做成火腿！」為了減輕我話中的恐嚇意味，我笑著對他們罵道。這棵樹的樹枝朝著四面八方胡亂生長，因為這個果園已經有兩年沒有好好修剪過了；樹上新長的枝枒纏結成一團，看起來就像鳥巢一樣。我低聲向樹說道：「樹啊，別再扎我了，我保證絕對不會傷到你。」這棵蘋果樹比我想的還要高，但是我不怕高，也不怕爬高。佩特魯神父從前常說我可以爬到雲端（願主賜他的靈魂安息），他還會說：男孩，你是個奇蹟。他以前經常這麼講，講到我差點都要相信了。

我不斷往上爬，直到我的頭和果園頂端一樣高；我看到了莊園，那是保護我們不受壞人傷害的地方。我大喊：「山羊啊，我看到我們的羊欄了！」

就在那時，我瞥見了那位朝聖者。山羊看不見他，因為經過這兩年，溝渠也變得荒草叢生了。「他長得很高喔，山羊，身上穿著棕色的朝聖長袍和斗篷，頭上戴著寬邊帽，手上拿著和他自己一樣高的手杖，還扛著一支掛了包裹的長桿子。也許他是想去聖地，或者是去羅馬看天國之鑰。」世上竟然有這麼幸運的人，能夠一面旅行，一面尋求主的恩惠，讓我感到很驚訝。我朝他揮了揮手，但是那位朝聖者並沒有向我揮手回禮。

因此，我決定要做一件會讓他對我印象深刻的事。我徒手順著一根樹枝走到另一根樹枝上，沿途連一根小樹杈也沒抓。傲慢會使靈魂墮落。我一躍而上摘下蘋果，然後在三月的寒氣中從樹枝上跌落，但是我不怕墜落。我掉到冰冷的地面上，忍不住大笑，兜帽上還黏著葉子。世界上再沒有比感受飛翔更快樂的事了。

山羊群擠了過來，噴著鼻息對我不滿地叫著：咩！別老是玩從高處跳下來的遊戲，多餵我們吃點東西啦！棕色的母山羊從我掌中搶走蘋果然後奔竄而逃，眼裡閃現貪婪的慾望；山羊對罪惡瞭若指掌。

我躺在地上，心裡想著生命、山羊與明朗的冷天，咯咯笑了起來。天氣不會一直冷下去，枝上很快就會有新生的蘋果花綻放，山羊的肚子裡也已經開始孕育新生命……。

那位朝聖者突然出現在我上方，他的帽緣遮住了天空。天哪，我被他嚇了一跳。這是我的果園，是我和山羊群專屬的地方。

「你的主人是誰？」朝聖者的臉藏在暗影中，他的聲音很陰沉。

他連一聲招呼也沒打，我該跟他打招呼嗎？我可以跟他打招呼嗎？

「你會不會說話？」

「會……會。」

「你的主人在哪裡？」

我慌亂地站起身來，把兜帽、山羊皮衣和褲子上的枯草撥掉。朝聖者的帽子上別了十幾枚朝聖徽章，有聖雅各的扇貝、聖湯瑪斯的頭等……天哪，這個人一定走了很遠的路。

我轉向長滿雜草的溝渠，指著溝渠對面的莊園說：「那裡。」

「嗯。」他轉過身，手裡握著手杖開始動身。「你在做什麼？給我帶路。」

「喔！好的……，老爺。」我回答的時候得加上「老爺」，這樣才有禮貌。

「給我抬頭挺胸好好走。」

我雙頰變得通紅。他為什麼會注意到？為什麼大家老是會注意到？我小聲地說：「我已經挺胸了。」

「哼，原來是個駝子，至少你還能走路。」他朝之前扛著的包裹打了個響指，就是掛在桿子末端的那個包裹。「替我拿著，小心一點，那比你還值錢。」

我急忙跑向包裹，心裡猶豫著究竟應該把它抱在懷裡（這個包裹真的比我還值錢嗎？）還是像那位朝聖者一樣把桿子扛在肩上。山羊都聚集到我身邊來，我把包裹拿到他們碰不著的地方。山羊會做出什麼事可沒人能說得準。

我跟在朝聖者身後走，頭垂得低低的。任何人只要弓著身子，都會變成駝子。

他沒有向我問路就直接大步走向莊園，不過其實也沒必要問，山羊早就沿路留下他們的蹤跡了。我跟著他走，桿子絆著我的腳；他走得很快，我得小跑步才能跟上。

「別人都怎麼叫你？」

我感覺到他注視著我，暗暗祈求他別再這樣盯著我看。

「男孩。」

他不耐煩地哼了一聲。「你媽媽都怎麼叫你？」

「我沒有媽媽。」

「啊，瘟疫。」

「從來沒有。」

他嘲弄地問道：「從來沒有？」

我搖搖頭。佩特魯神父不是我的媽媽，雖然他幾乎就像我的媽媽一樣，「男孩」這個名字就是他幫我取的。絕對不能讓別人知道，男孩……，他說這句話的時候還拍了我一下，確認我會好好記住。

「那你爸爸呢？」

我聳聳肩表示不知道。莊園裡有好幾個孩子都沒爸爸。

他的眼睛在寬帽緣下閃現光芒：「啊，天使的臉孔搭上惡魔的身體，好一個男孩子啊！」

「不是『男孩子』，是『男孩』，那是我的名字。」我不喜歡聽他隨口亂講話；我不喜歡別人用「男孩」以外的名字叫我。

我們走過幾棟小屋（或者該說是小屋的殘骸），朝聖者沒有隨著小徑改變行進方向，而是直直地向前走去。就連山羊都會避開小屋。

第一棟小屋以前住著一位會吹奏笛子的牧羊人（願主賜他的靈魂安息），他曾經答應要教我吹笛子，但還沒實現承諾，就被瘟疫奪走了性命；或許他現在住在天堂裡，仍然吹著笛子。

第二棟小屋過去住著一位寡婦和她的兒子，他們也過世了。有一天他們上床睡覺以後就再也沒有醒來，小屋如今只剩下四根焦黑的柱子。我為他們祈禱：請求您，天國的聖人，請陪伴他們一同進入天堂。

我輕手輕腳地走過最後一棟小屋。小屋的茅草屋頂已經開始朽爛，門口一片黑暗，沒有人留下來將這棟小屋燒毀。那裡從前住著一家人，他們全家都叫我「怪物」，連那個最小還不太會說話的孩子也是。他們家的媽媽看到自己的孩子對我扔石頭時，總是在一旁大笑。

我經過這棟小屋時也想為他們祈禱，但腦袋裡怎麼也想不出禱詞。我將手指伸到兜帽底下，摸著頭皮上的疤痕。*求主原諒我這顆缺乏寬容的心。*

「用兩隻手好好拿著那個包裹，男孩。」朝聖者對我下達命令。他的靴子踩在結霜的草地上，發出嘎扎嘎扎的碎冰聲。

我迅速把手搭回包裹上。我不喜歡這位朝聖者。有些人總是會將目光移向無須留意的事物上，又不害怕應該敬畏的事物，我不喜歡這種人。這位朝聖者散發出危險的氣息。

2・為了禱告而被賣了

朝聖者在雜草中闢出一條小徑，穿越溝渠。我匆匆忙忙追在他後面，山羊群則緊緊跟著我，因為大家都知道狼會躲在溝渠裡。

莊園佇立在山丘上，周圍葡萄園裡的藤蔓好似窈窕淑女的裙襬般優雅垂下。我指向莊園，「賈克爵士就在那裡，老爺。」

「帶我去見他。」

「可是……」我能說什麼？我把話吞回肚子裡去，「是的，老爺。」

我們爬上山丘，但山羊沒有跟上來。莊園的人不喜歡我們接近，因為我是駝子，而山羊會讓狗兒變得太激動。過去莊園的人都欣然接受我們的到來，因為夫人喜愛生氣勃勃的山羊，也喜歡讓我服侍她。但夫人已經不在了，夫人和她三個可愛的寶寶都不在了，如今的莊園由另一個女人當家作主。

我一走進庭院，狗兒立刻飛撲上來，他們和我是很要好的朋友；但是他們對朝聖者保持距離，因為狗兒對陌生人都很警覺。他們搖著尾巴圍到我身邊，我頂著駝背在狗群裡行走，盡可能讓朝聖者的包裹遠離他們好奇的鼻子。我得記得要小心飛過來的石頭。

賈克爵士坐在一個能曬到太陽的位置。每當天氣晴朗，就會有人將他安置在那裡，讓他暫時從自己臭氣撲鼻的床上解脫。不管僕從怎麼努力，還有夫人在世時如何苦口婆心地勸說，賈克爵士總是拒絕戴帽子。也許是因為他討厭有塊布一直在頭頂摩蹭，也可能是他僅存的心智想讓世上其他人清楚看見他所受的折磨。我從庭院另一側就能看見他頭骨上的凹痕——那是在某一場馬上長槍比武中留下的傷痕，那場比武大會毀了他的人生。他眼神空洞，口水從嘴邊淌下。

朝聖者說：「啊，那就是你的主人。」

我點點頭，不必再加以說明讓我鬆了一口氣。

狗兒抽動著他們的鼻子，嗅著朝聖者的氣味，我這才聞到寒風中飄來的味道——一股先前無暇留意的酸腐味。

一陣尖刻的聲音傳進我們耳裡。「如果讓我發現你浪費了新鮮的蛋，我就一巴掌把你打成瞎子……他是誰？」廚娘來到廚房門口，用身上的禮服指手。那件禮服原本是夫人的，為了改大而放寬了縫線，袖口也沾染了酸臭的過期牛奶。

朝聖者欠身低頭，但我注意到他並沒有摘下帽子。「早安，女士，我叫做賽昆杜斯，是一名卑微的朝聖者。」「卑微」這個詞從他嘴裡說出來顯得格外不可信。

狗兒將他們的頭藏在我的手肘下：男孩，男孩，我們不喜歡那個男人，男孩。

廚娘厲聲說道：「我可沒有錢能捐給朝聖者。去小酒館用合法的手段弄麵包來吃吧。」廚娘有她自己一套規則，而且總是嚴格遵行。

賽昆杜斯露出一個根本算不上是微笑的微笑，說道：「我要去聖彼得之階的瞻禮日朝聖。」

聖彼得之階？聖彼得之階可是得走上三天才能到達的大城鎮！跛腳的人經常會前往那裡尋求奇蹟。我從旁觀察這位發出酸腐味的朝聖者，他看起來不像是瘸子。

廚娘粗暴地說：「那又怎麼樣？」

他的目光閃爍，「我想請這位小夥子跟我一道去，因為他很擅長爬高。」

朝聖者想要我跟他去？他要我跟他一起離開這裡三天？

男孩，男孩，那個男人好可怕，真的好可怕，狗兒小聲向我說。

我也覺得他很可怕啊，我悄悄回道。

「這男孩？」廚娘輕蔑地說：「他一點用也沒有。」她這麼說我還算客氣了，真的。她曾經不止一次說，正是我那怪物般的駝背招來了瘟疫。

賽昆杜斯指指我拿著的包裹，說：「我的包裹太重了，想讓他幫我提著。」

這包裹明明一點也不重！他說的沒一句聽起來像真話。他或許真的是位朝聖者，但是他的靈魂已經深深刻印著罪惡。

廚娘抬起了眉毛：「你是想找個僕人嗎？這樣的話，你得付錢才能把他帶走，他不在就沒人顧山羊了。」

「您剛剛才說過他一點用也沒有，既然如此，我想他離開幾天也無妨。」

廚娘皺起眉頭，她不喜歡別人用她自己說過的話來反駁她。

朝聖者嘆了一口氣，「這孩子年紀還這麼小，這麼天真無邪，仁慈的教會允許他替別人禱告，而且在瞻禮日進行的禱告效力非比尋常。我想請問一下，尊貴的女士，您是否知道有誰需要上帝賜福？像是想要從永恆無盡的地獄業火中尋求解脫的罪人？」

廚娘的嘴唇變得煞白，她怒目瞪視著賽昆杜斯，還有我。她不由自主望向無助地流著口水的賈克爵士。她原本只是他的僕人，後來設法成為了他的夫人。

朝聖者是怎麼知道這件事的？

「不用我說，除了禱告以外還得捐獻，對吧？」賽昆杜斯露出冰冷的微笑。

廚娘怒氣沖沖地跺著腳走進廚房。

朝聖者用手指輕輕敲著自己的手杖，他的指甲在木頭上敲出喀喀喀的聲響，廚娘的咆哮怒罵以及暴怒重踏都沒有讓他因而亂了陣腳。我頂著駝背站在他旁邊，腦中一片混亂：去聖彼得之階要一、二、三天，回來要再花一、二、三天，也就是說一共要一、二、三、四、五、六天。跟在這個男人身邊六天，我能活著回來嗎？

狗兒問道：男孩，男孩，發生了什麼事？我們好擔心哪！男孩！男孩！

我搔搔他們的耳朵，該擔心的不是你們。

「用兩隻手拿好那個包裹，男孩。」

朝聖者好像什麼都看得到。我緊抓住包裹，渾身顫抖。

廚娘拿著一個刻有雄鹿圖案的銀杯衝出來，那是賈克爵士還能講話的時候，拿來舉杯祝酒的杯子。她把銀杯塞進我手裡，「這是我捐獻的東西。不准讓他……」她比向朝聖者，「對這個杯子動任何歪腦筋，不准讓他碰到或是用這個杯子，當然也不能讓他把杯子賣掉。為賈克爵士祈禱，男孩；為我們的國王——偉大的法國國王祈禱——還有為……」

我看著她。說吧，廚娘，說出我最應該祈福的對象，這樣上帝才會原諒妳。我並沒有真的說出這些話，不過她或許從我臉上看出來了，她之前就看過了。

「為我祈禱。」她最後這麼說，但沒有對上我的視線。她輕拍著她的裙子——過世夫人的裙子。我親愛的夫人現在正承受烈焰燒灼的痛苦折磨，都是因為廚娘當時沒有幫她找一位神父來。「向我保證你會做到。」

「我保證。」我鄭重地發誓。和廚娘作對可不會有什麼好下場。

賽昆杜斯又說話了，「應該還有一枚錢幣？用來資助我們的旅程，我們在路上還得吃飯。」

「那男孩不吃飯。」

「但我得吃飯，這樣我才能親眼見證他走上祭壇為您的靈魂祈禱。」

廚娘的眼裡迸出憤怒的火花，她發出不滿的聲音，將一個錢幣扔給朝聖者。

他是怎麼知道的？

他把錢幣塞進自己的袋子裡，「來吧，男孩，我們還有好長一段路得走。」

我望向廚娘，「拜託妳……」我害怕得不得了，就算要我向她求饒也行。

但廚娘只是生氣地瞪著我們，她用銳利的眼神上下掃視我，然後又上下打量了朝聖者一番，計算他帽子上別的徽章，以及腳上磨損的皮靴值多少錢。「我之後要知道整個過程的所有細節。現在我得走了，朝聖者先生，還有很多活兒等著我去幹。」她當著我和朝聖者摔上了門，不過我還是能聽見她在牆壁另一頭說：「你有沒有小心顧著麵包？一定沒有吧……」

我必須聽從廚娘說的話。廚娘什麼都看得到，而且心裡總在估斤估兩，她認為只要用一個銀杯就可以為自己買到進入天堂的門票。我必須跟著這個男人，照他說的做，只有短短六天而已，才這麼幾天我撐得住。大概吧，只要我夠勇敢。

賽昆杜斯已經走過半個庭院了。我的天哪，他走得真快。我趕緊跟上他，狗兒在我身邊輕快地邁著大步走。

我聽到那沉重的腳步聲時，已經太晚了。一道陰影落在牛棚的門上。狗群一哄而散。

「喔，看看這是誰啊。」公牛輕蔑地笑道。公牛只比我大幾歲，但已經有了成人的體格和成年男子的嗓音。

我立刻閃開，雖然手裡還抓著銀杯、賽昆杜斯的包裹及桿子，我的手指還是下意識地伸向眼睛下面的疤痕——那是一道很大的疤痕，當時流血流了好幾天。

公牛用滿意的聲音說道：「怪物想辦法當上別人的寵物啦？」公牛體型大得像頭熊，腦袋笨得像塊石頭，並且像野豬一樣殘忍，而我就是他最喜歡的獵物。

朝聖者停下腳步，仔細端詳公牛如何嘲笑他最喜歡戲弄的目標，然後示意要他過去。

公牛的笑聲漸漸變弱，一雙小眼睛慌亂地四處張望。他別無選擇，只能不情不願地拖著腳步向前走。

在我看來，他就像是隻被兩條毒蛇困住的老鼠。

公牛長得很壯，但並不高，沒有賽昆杜斯高，也不像他那麼……嚇人。

賽昆杜斯快得像一陣風一樣，他站到公牛面前，用他的手杖抵住公牛的下顎，公牛的頭倏地抬起，驚慌的眼睛瞪得大大的。

我的頭也抬了起來，我從來沒看過有人膽敢挑戰公牛。

賽昆杜斯輕聲說道：「我覺得你看起來像是個罪人。你都保護弱者，還是強者？」

公牛舔了舔嘴唇，「我……我不知道。」

賽昆杜斯等待著，我也等待著，因為恐懼而咬住了雙頰內側。太陽在天空中紋絲不動。

公牛的眼睛快速瞥向我這邊，「我大概……沒有……」

「沒有什麼？」

「保……保護弱者。」

「這樣啊，」賽昆杜斯又露出了冰一般的微笑，「那幾乎可以肯定你是罪人呢。」他停頓了一下，又繼續說道：「你知道那些沒有保護弱者的人會有什麼下場嗎？」

公牛想吞口水。

「他們會下地獄。」朝聖者呼出的氣息在寒氣中化為蒸氣。他靠近公牛，悄聲說道：「要我告訴你地獄是什麼樣子嗎？」

公牛用幾乎看不出來的微小動作搖了搖頭。

賽昆杜斯往後退。

公牛像壞掉的傀儡木偶一樣癱在地上。

「來吧，男孩，還有很長一段路要走呢。」

公牛緊抓著自己的咽喉，眼睛離不開朝聖者。他沒有叫我「怪物」，也沒有向我丟石頭。

我快步跟上賽昆杜斯。這位朝聖者讓我很害怕，真的，但至少他不會侮辱我，也不會向我扔石頭，反而還教訓了向我扔石頭的人。就算是向我扔石頭扔得最兇的人，也會畏懼他。看哪，連塊頭那麼大的公牛，都像壞掉的傀儡木偶般癱在地上。

這位朝聖者擁有力量，而且他的力量已經開始影響我，將我變成一顆會感染鄰人的腐爛蘋果。

我不該回頭，應該向前看，我明明知道的。但是離開庭院時，我還是忍不住轉頭向公牛做了一件之前從來不敢做的事：我對他吐了吐舌頭。

3．肋骨、牙齒、拇指、脛骨、骨灰、頭骨、墓園

我抓著銀杯、包裹和桿子，才剛走下山丘就已經開始對我的行為感到後悔了。公牛的智力不高，記憶力卻很好，他是不可能在短短六天內忘記這件事的。

山羊群跟在我們身後，咩咩叫著。賽昆杜斯大喊：「滾開！快走開！」

山羊群狠狠瞪著他，他也瞪回去，還一邊揮舞著手杖。

回去吧，山羊，我對他們說。只要六天我就回來了。

他們不滿地咩咩叫著：你不在的時候誰來娛樂我們？

我禁不住微笑。你們自己找點樂子吧。

咩，這算什麼。不過他們還是逐一擺動著尾巴，慢慢跑開了。

再見，山羊，願聖人保佑你們安全。

咩！你這呆子，我們當然會很安全，我們可是山羊。

於是我孤身一人，跟著朝聖者走。我必須聽從他的命令，或是設法逃

走……

我身後的莊園變得越來越小，最後沒入雜草叢間。真該有人來割掉那些雜草，我說真的，賈克爵士以前絕不會允許這裡亂成這樣……

賽昆杜斯停下腳步，伸出手來，「把那個杯子給我。」

我不能讓他碰這個銀杯，這是廚娘下達的命令。

他揚起眉毛，說道：「沒聽到我說的話嗎，男孩？」

雖然不情願，我還是把賈克爵士珍愛的杯子交給了他。我真是太軟弱了。

銀杯消失在他的長袍口袋裡，緊接著口袋裡冒出一段繩子。他命令我：「把那個包裹揹起來。」然後迅速將包裹綁在我的駝背和毛茸茸的山羊皮衣上。我注意到他並沒有觸碰包裹。「如果讓我發現你想打開包裹，我會目送你上絞刑台。」他說這句話時就像先前一樣，是對著空氣說，而不是對著我說。「還有，如果你想要逃跑……」

我顫抖了起來。

「會害怕就好，會害怕才知道要小心。」他扯扯綁在我身上的結，確定是否綁得夠緊，然後又重新邁開步伐。「把那根桿子當拐杖用，走快一點。」

我照著他說的做，雖然一開始有點心不甘情不願，但這根桿子很快就成為一位溫和的旅伴，讓我能夠走得更快。繩子緊繞在我的胸膛上，但包裹的重量比我想像中還要輕。我確實感覺到包裹溫暖了我的駝背，甚至是我身上的山羊皮衣。

當我們來到一個十字路口，朝聖者停下了腳步。

我指著前方的路說：「聖彼得之階要往這邊走，如果往那邊走，」我指向右邊的路，「一直走會看到大海，海水嚐起來有鹽巴的味道，這是一位旅人告訴我的。」

「你確定那是真的嗎？」他反問我時臉上掛著奇怪的微笑；我覺得就此閉嘴是最明智的做法。

我們走到了農夫米歇爾的田地。瘟疫奪走他兒子的性命以後，米歇爾把兒子的靴子送給了我——就是我現在腳上穿的這雙。為了讓靴子合腳，裡面塞了羊毛。除此之外，他還把兒子的褲子（我用細繩繫緊褲頭）和紅色的兜帽也送給我，讓我的頭不會受涼。之後米歇爾就離開了，因為莊園對他來說只剩下悲傷的回憶。如今他的田地一片荒涼。

接著我們來到我所到過最遠的地方——一棵比兩個大男人加在一起還要粗壯的山毛櫸。三年前，在瘟疫發生之前，賈克爵士曾經騎馬去參加比武大會。夫人想在他回來時熱情歡迎他，所以派我帶一個裝滿葡萄酒的扁酒瓶，一路走到這棵樹來迎接爵士。我一直等，等到太陽跨越了天際，等到我的恐懼快要到達極限，最後爵士總算出現了，身上還帶著優勝紀念品和一袋金幣，因為他是比武大會的常勝者。他把我抱上他的戰馬，讓我和他一起騎馬回莊園；他跟我說，我坐在他的馬上時，馬變得很溫馴，這是前所未有的事，所以或許我應該別當牧童，改當馬童，因為能讓馬兒鎮定下來的馬童，價值可比五隻好狗。

朝聖者和我走過了那棵山毛櫸，從這一刻起我踏上了未知的道路。但是無數回憶湧入了我的腦袋，讓我的恐懼有如一個坐在長椅上的孩子般，為了挪出空位而被擠到了一邊。

朝聖者大步流星地走了一整天，我也盡全力跟上他的步伐。我們穿過了好幾個空無一人的村落，每間房子都門戶洞開，就像沒有牙齒的嘴一樣，陰暗纏雜的野草看起來則像是邪惡之物潛伏的巢穴。我很高興能夠快步走過這些地方。隨著太陽西沉，影子延伸到了我們身前，但是朝聖者依然沒有停下腳步的意思。

「老爺？」我小聲喚道，聲音顫抖著，雙腿也是。他咳了一聲，但沒有回應我。

最後，我們來到森林中一片空地，地上有一圈灰燼。賽昆杜斯仔細看了看四周，對著他自己點點頭，然後放下了手杖及帽子。

「我們要在這裡過夜嗎？」我無法隱藏聲音中流露出的驚懼。要是有壞人、土匪或是野狼發現我們怎麼辦？一想到環繞著我們的黑暗，以及在暗夜中睜著閃爍雙眼偷偷靠近我們的野狼，我就嚇得發抖。

「看起來只能這樣了。」他一腳踏入草叢，我跟在他身後。「你就不能給我一點私人空間嗎？」他怒氣沖沖地對我大吼，我趕緊跑開，但還是不敢離得太遠，我也像平常看到的那些人一樣蹲下來，試著撫平自己的驚恐。

朝聖者從他的袋子裡拿出肉乾給我，我拿了一些，因為有人給我食物的時候我就必須接受，但我只拿了一小塊，以免浪費食物。接著，他開始升火。

我希望可以坐得離他近一點，因為地面很冷，而且黑暗令人恐懼；但是我很害怕，不敢靠近他。我也想把綁在背上的包裹拿下來，卻不敢問他能不能這麼做，而且包裹很暖和，令我獲得些許慰藉。我開始禱告，為受到馬的踢擊而失去神智的可憐賈克爵士禱告，為夫人和她的三個可愛寶寶的靈魂禱告，也為在瘟疫來襲前就已蒙主寵召的佩特魯神父禱告。我祈禱公牛可以忘記我對他吐舌頭的事；我祈禱狼群不會發現我。我沒有為廚娘禱告。等到了聖彼得之階，我會為她禱告。

我把穿著褲子和山羊皮衣的身體縮成一團，並將兜帽往下拉，蓋住脖子四周。柴火只比引火柴旺不了多少，但我還是把手伸向火堆取暖。

賽昆杜斯拿出了一本書。一本書！那是一本小小的書，看起來破破爛爛的，到處都有磨損和汙點；頁緣是黑的，彷彿被火燒過。它聞起來一樣有股酸臭味。

「老爺，您識字嗎？」

「嗯，對啊，職業需要。」

「朝聖者都得識字嗎？」

他大笑一聲，「我是指我還是律師的時候。」

我說不出話來，因為遇到識字的人實在令我太驚訝了。就連佩特魯神父都不識字，我當然也大字不識一個。

「我以前研讀過法律，你知道什麼是法律嗎？我擔任其他人的法律顧問，」他盯著火堆看，「都是些非常有權有勢的人。」

「但現在您踏上了朝聖之旅。」我覺得自己應該說點什麼。

「嗯，對啊，我正在找一些東西，男孩，我在尋找七樣物品，比世上任何物品都更加珍貴的七樣聖遺物，這七樣聖遺物可以拯救我。」他拿起書，讓我看其中一頁字跡，然後開始誦讀：「肋骨、牙齒、拇指、脛骨、骨灰、頭骨、墓園。」

「肋骨、牙齒、拇指、脛骨、骨灰、頭骨、家園。」我小聲地對自己複誦，這些詞聽起來無比莊嚴，就像禱詞一樣。

「我的下一個任務是要尋找牙齒，這個任務不簡單，但現在我更有信心了，因為我身邊有個擅長爬高的男孩。」他把那本書塞進他的長袍裡。「我已經完成了第一項任務。你知道彼得的故事嗎，男孩？」

「聖彼得嗎？」我當然知道，是佩特魯神父告訴我的。「彼得原本只是漁夫，但他後來成為羅馬第一任教宗，現在負責管理天堂的大門。」

朝聖者點點頭，「告訴你這些的人把你教得很好。保護好那個包裹，男孩，要像保護你自己的生命一樣保護它，因為那個包裹裡裝著聖彼得的其中一根肋骨。」

4．瘟疫

我蜷伏在樹杈上——那是我擁有的第二個記憶。我縮著身體，飽受驚嚇，因為有一群男孩圍著樹朝我扔石頭。他們大叫：「我們抓到怪物了！」，並且嚷嚷著神父很快就會來消滅我。我使盡全力閃避石頭，用手擋住自己的臉，嚶嚶哭泣。

一位臉紅紅的老人跑過來，氣喘吁吁地靠在拐杖上緩和他急促的呼吸。有一個男孩舉起手臂準備對我扔石頭，佩特魯神父重重地揍了他一拳（神父很喜歡揍人，真的），然後跟那些男孩說他們像跳蚤一樣笨。他把他們趕走，然後自己坐了下來，嘴裡唸唸有詞。

我慢慢從樹上爬下來，好聽清楚他在說些什麼。老人對我說話，並給我一條毛毯，因為我身上什麼都沒穿。接著他帶我到他位於教堂後面的房間，讓我替他掃掃地、跑跑腿，還教我唸他經常在唸的那些東西，原來那是禱詞。

他知道我的駝背，也知道我的祕密。他總是對我大吼：「絕對不能讓別人知道！」每當我因為覺得癢或熱，想趁機偷偷脫掉短上衣時，他就會痛揍我一頓。到最後，「絕對不能讓別人知道」這個禁令已經深深銘刻在我的骨子裡，就算有一群善人都裸著身子睡覺，我也依然會穿著衣服上床。我絕不能讓別人看到我的身體或是觸碰我的駝背，因為我的駝背是邪惡的東西，讓我成為了怪物——這是其中一個理由，我還有其他祕密。每當有人對我的駝背或是我的醜陋外表說長道短，他就會把他們痛扁一頓。

佩特魯神父照顧我，給我衣服穿，還在《聖經》裡將他的名字「佩特魯」指給我看——這個字他還是認得的。我非常敬愛他，在侍奉賈克爵士和夫人的時候，我也經常帶他喜歡的山羊奶去給他，直到他過世。我認為上帝在瘟疫發生前就將佩特魯神父帶走是一種恩賜，因為祂讓這位善良的神父不必面對那場瘟疫的恐怖情景。

那是我擁有的第二個記憶——我所有其他記憶的源頭。但我的第一個記憶是睡在一群鴿子之間，他們柔軟溫暖的翅膀圍繞在我身邊；不知從哪裡傳來了低語聲，四周一片黑暗。只不過這一次鴿子在啄我，一開始只是輕輕的，然後好痛……

「你這是在搞什麼鬼！」

一陣銳利的痛楚驚醒了我，我的耳裡迴響著刺耳的話語聲，某樣尖銳的東西戳著我的肋骨。我對著整個羊欄中滿溢的明亮光線用力眨眼，聽到了從未聽過的山羊叫聲。

等等，可是我根本不在羊欄裡啊！我在外面，在森林裡，一群咩咩叫個不停的山羊蜷縮在我身邊。我又被戳了一下，被一根手杖，一個人……賽昆杜斯。

我立刻清醒了，努力掙扎著從這群陌生的山羊中爬出來。

「是你把牠們帶來的嗎？」他怒聲問道。

這些是山羊沒錯，但是他們的毛皮上纏著刺藤，而且羊群裡有一隻長了一對大角的公羊，散發出不得了的臭味。大概沒有比公羊更臭的東西了。

「不……不是，老爺。」

「他們就這樣自己在半夜裡突然出現？」

「這些不是我的山羊。」

賽昆杜斯說：「真的嗎？」

個頭最大的母山羊狠狠瞪著他，她有一支角缺了一半，但她看起來比打火石還要強硬。她用腿撐起自己的身體，然後穿越一條寬闊的水流。那些水遇到冰冷的地面就散發出蒸氣。

賽昆杜斯把嘴歪向一邊，看著她走過，然後他轉開頭，「我的包裹沒事吧？」

「是的，老爺。」昨晚的對話湧進我腦海裡，我身上揹著羅馬第一任教宗聖彼得的肋骨，我！一介卑微的牧羊人！

「走吧，男孩。」他邁出大步開始走，山羊群則往另一個方向小跑著離開了。

再見，山羊，謝謝你們帶給我溫暖。要是沒有他們，我不知道要怎麼撐過那個寒氣逼人的夜晚，我一想到就不禁全身發抖。如果我能繼續活下去就好了。

他們擺動著尾巴：咩，我們覺得你的主人不怎麼樣。山羊總是覺得人類都不怎麼樣。

賽昆杜斯讓我從他的扁酒瓶裡喝口水，但是我婉拒了，因為那酒瓶裡的水實在難喝。雖然我拿了一小塊肉，但那只是因為有人給我食物的時候我就必須接受。我念了禱詞，祈求上帝原諒我一邊走一邊禱告，但這位朝聖者可受不了旅程受到任何耽擱。

我一如既往為夫人、賈克爵士和佩特魯神父禱告後，又多加了一段禱詞，感謝聖彼得讓我揹著他。難怪這個包裹讓我感到如此溫暖。肋骨、牙齒、拇指、拇指、拇指、拇指、家園……不對，不是這樣。肋骨、牙齒、拇指、什麼、什麼、什麼、家園……嗯，雖然我記不全，不過總之有七樣聖遺物，而現在我就把肋骨揹在背上！

我們走了整個早上，看到好幾隻兔子急奔逃竄；烏鴉向森林警告我們的出現，狐狸發出尖銳的叫聲。我一度聽到了狼嚎，讓我心臟狂跳，但是那之後就沒再聽見了。

樹木漸漸變少了，讚美聖彼得，我們再次踏上了人類的領土。

「你都不說話的嗎？」

我嚇了一跳，「我嗎？」

「不是，我是在對那個水坑說話……當然是你啊！」

「喔，我會說話，老爺。」我感覺到他在仔細地看著我。

「說說你主人的事吧，男孩，我覺得那應該是個值得一聽的故事。」

「賈克爵士？他的故事很讓人難過。」

「我想也是。但是前面的路還很長，有時說說話比保持沉默好。」

「我知道了，老爺。」我仔細地想了一下，「賈克爵士是——曾經是——一位英勇的戰士，他在英格蘭入侵法國領土時參加了戰爭，所以偉大的法國國王便將您看到的那座莊園賞賜給他。賈克爵士是一位好主人，但是他的血液裡始終流淌著戰鬥的本能，他每次提到馬上比武大會，都會說要去打敗其他人，就像從前打敗英格蘭人一樣。他總是帶著許多優勝紀念品和錢袋回來。有一天，他帶著夫人回來了。夫人既虔誠又善良，她教會我如何服侍主人，而且還幫我剪頭髮。夫人懇求賈克爵士不要再參加馬上長槍比武，尤其是在兒子和兩個小女兒出生後，她更加懇切地央求他。但賈克爵士總說他可不是個農夫，然後照常騎著他高大的黑色戰馬前往參賽。」有一次我還和賈克爵士一起騎馬回莊園，想起那光榮的一天，我對著自己多加了這句。

「然後呢？」賽昆杜斯催促我繼續說下去。

「然後……然後一切都如往常一樣，直到兩年前的春天，有次賈克爵士騎馬離開後沒有回家，到了隔天還是沒有回家，夫人緊緊抱著她的寶寶，擔憂地一直哭。到了第三天，賈克爵士回來了，但他是躺在手推車上讓人推回來的，騎士絕不會做這樣的事。聽說一匹馬踢中了他的頭盔，將一塊鐵片直接踢進了他的頭骨裡。一位神父為他舉行了臨終聖禮，因為所有人都認為他很快就會過世，但是他沒有。」我停頓了一下。「反倒是其他人陸續病倒，在四肢連接身體的地方長出黑色膿瘡，包括馬童，還有那三個才剛長了乳牙的可愛寶寶。夫人一直照顧著他們，直到她自己也生病倒下，然後……然後他們都死了。很多人死了。」

他嘆了一口氣：「是啊，很多人死了。但是賈克爵士沒死，廚娘也沒死。」

「她沒死，大家也不再叫她『廚娘』了，現在大家都叫她『夫人』，因為第一位夫人已經過世了。」

「啊，所以這位騎士有一位並非貴族出身的妻子，我想這就是她犯的罪吧？」

「才不是！」他真奇怪，怎麼會這麼想。每個人都需要一位伴侶——這是佩特魯神父說的。嫁給賈克爵士並不是廚娘犯的罪，事實上，要是她沒有嫁給爵士，一些貪婪的貴族老爺恐怕早已將那座莊園占為己有，因為爵士的叔叔伯伯都去世了……我皺著眉頭思考著，回憶像惡夢一樣一個一個冒了出來。「老爺？」

「怎麼，你的舌頭還在啊。」

「夫人生病的時候，說希望能請一位神父來，讓她在死前進行告解。」

「啊，但是廚娘沒有去請神父來。」

「沒有。」我開始哭泣，「夫人沒有舉辦臨終聖禮，所以她現在一定在地獄裡受烈火焚燒的折磨！」

「哼，擦乾眼淚，男孩。」他用嚴厲的聲音命令我，「你親愛的夫人不在地獄裡。」

我抬起頭來。「真的嗎，老爺？」

「我可以發誓，用我的……」他的臉沉了下來，「我用我的性命發誓。只有罪人才會下地獄，相信我。」

「但是她沒能告解……」

「那又怎麼樣？那個女人絕不可能是罪人。」他的表情變得柔和，「她不是還替你剪了頭髮？」

我的心歡欣雀躍，因為這個知識淵博的男人向我保證夫人沒有受到折磨。不過同時我也感到情緒低落，因為提到瘟疫讓我腦袋裡的一扇門打開了，從中湧出各式各樣的回憶——對那些逝者的回憶。請善待他們，聖彼得，請引領他們進入天堂。

賽昆杜斯和我一樣沉浸在自己的思緒裡，他的表情顯得很嚴肅。當一位農夫向他問好時，他沒有回答，他甚至連頭都沒點一下。走到一個有石堆標記的十字路口時，他抽出他的書來研究路線，然後帶我走向右邊。登上一座山丘的頂端後，他再次琢磨書中的內容，在我們越過幾座綠色山丘、幾片開墾過的田野，還有白雪覆蓋的高山前，他都會先打開書研究一番。他端詳眼前的景色，然後翻閱他的書細看一幅圖畫，儘管他點點頭，像是在告訴自己沒走錯路，卻還是緊皺著眉頭。

我們在路上經過了一座果園，裡面的果樹就和家裡那個果園的樹一樣，因為無人修剪，枝葉恣意蔓生。可憐的樹，這裡也曾經有人死去……賽昆杜斯說過：有時說說話比保持沉默好。但我想不出該說些什麼才好，對逝者的回憶耗盡了我所有精力。

我們就這樣在沉默之中大步走著，直到黃昏降臨。

5・石橋

我們來到一塊乾草地，這裡還有冬天留下的一堆乾草。賽昆杜斯在背風處紮營，升起一個小小的火堆，然後就著閃爍的火光研讀那本散發出臭味的小書冊。「聖彼得之階擁有一樣非常珍貴的聖遺物，」他開口說道，「不過比較像是在對自己說話，「每分每秒都有人在看守那樣聖遺物。」

「是牙齒嗎？」

他抬起頭來，「你說什麼？」

「牙齒。您之前說：『肋骨、牙齒、拇指、什麼、什麼、什麼、家園。』對不起，我記不清楚了。」

「你比我想得還要聰明呢。沒錯，是牙齒。肋骨、牙齒、拇指、脛骨、骨灰、頭骨、墓園。但我得先拿到其他東西。」他輕輕敲著他的書。「我碰巧知道，有一群修道士計劃在聖彼得之階舉辦瞻禮日那天，把那個鎮上的聖遺物偷走。」

「不會吧！」

「很遺憾，是真的。這是不久之前，聖彼得山修道院中的一位修道士告訴我的，他非常地……擔憂。你和我必須去保護那樣聖遺物。」

「知道了，老爺。我會像保護聖彼得的肋骨一樣，好好保護那樣聖遺物！」

「我還真是找到了一位可靠的夥伴哪……」他在乾草堆上躺下。「你想聽聽肋骨的故事嗎？」

「喔，當然，請告訴我。」每個人都喜歡聽好聽的故事。

他戳著火堆，開始說道：「我走了很長一段路，男孩，走了很久。最後我到達了巴黎……」

「您曾經去過巴黎嗎，老爺？」

「是啊，男孩。」

「您從巴黎一路走到這裡來嗎？」

「沒錯，我可以繼續說了嗎？我到達巴黎的時候非常疲累——不但累，而且不知所措。巴黎變得和我之前去的時候看到的截然不同；無論是氣味，還是那寒冷的氣候。幸運的是，國王已經離開了。」

「法國國王嗎？」我忍不住問道。

「法國國王。我看見他的宮殿，充滿了……野蠻人的風格，事實上，整個城市都是，全世界都是。再也沒有人重視均衡、協調或秩序了，所有美麗的事物都不復存在……」他努力讓自己鎮定下來。「總之，我找到了宮殿，也找到了裡面的聖禮拜堂；法國國王一向將他們最珍貴的聖遺物保存在那裡。那座禮拜堂讓我感到十分驚訝，因為它非常美麗，雖然同樣是採用野蠻人的建築風格，但是……當月光穿過那座禮拜堂的牆——那些用彩繪玻璃做的牆——流洩而下，我感覺自己彷彿站在寶石的中心。」

「寶石的中心……」我低聲複誦。聽起來好美啊。

「那裡的聖遺物多不勝數，價值可比一個王國，但我只在乎其中一樣，而且一下就找到了，那只不過是一塊小小的肋骨碎片。然而……」他的聲音變得粗啞，「我發現了一項可怕的事實，一項我事前完全沒有預料到的事實。」他舉起他的手；在火光照耀之下，我看到他手掌上有一道發亮的疤痕——那是剛燙傷沒多久的痕跡。

「聖遺物給您烙上了標記嗎？」我張大了眼睛。

「長久以來，我聽過很多有關聖遺物威力的無聊廢話，但我從不相信。」他摩擦著自己的手掌，「直到現在。」

「每個人都會被那塊肋骨燙傷嗎？我會不會也被燙傷？」

「不。」他的眼睛在火光中閃爍，「所以我設法將這塊我無法觸碰的肋骨包起來，又找了一根棍子來提包裹，然後往南走。這就是那塊肋骨的故事。」

這是個多麼棒的故事啊！他竟然能夠站在寶石的中心，身邊圍繞著價值可比一個王國的聖遺物，並親眼看見，甚至是辨認出聖彼得的肋骨。我蜷縮在黴腐的稻草中，不由得露出微笑。這麼聽起來，有些人會被那塊肋骨燙傷，但也有些人可以用那塊肋骨來取暖。

那晚，我夢到聖彼得在天堂的大門前謝謝我保護他的肋骨。天堂之門非常暖和，聖彼得也很熱情，雖然他聞起來有股怪味，大門摸起來也有點濕濕的……

我在濕羊毛的臭味中醒來，發現有六隻綿羊依偎在我身邊。

「男孩？」我聽到賽昆杜斯叫我的聲音，但是身在這群綿羊之中，我看不見他的人，我覺得自己好像要被一朵又濕又臭的雲給悶死了。

我掙扎著從羊群中脫身，讓這群綿羊惱怒地咩咩叫。這些可憐的動物自瘟疫發生以後就沒有修剪過羊毛，霧氣在他們蓬亂的毛上結成了水珠。我們啟程時，他們用了無生氣的雙眼目送我們離開。

我拿了一些賽昆杜斯給我的起司（雖然起司只不過是腐壞的牛奶），把嘴唇湊上他的扁酒瓶，然後確認他的包裹（那個裝著聖彼得肋骨的包裹）安穩地固定在我的駝背上。

我們在低矮的雲幕下趕了一整天的路，空氣中充滿了潮濕原野的氣味。途中我們經過一座村莊，村裡的狗對著我們大聲吠叫，不讓我們在此徘徊，但其中有幾隻狗卻搖著尾巴，這證明狗也是會說謊的。我告訴他們我的名字以後，他們就跟在我們身後不斷重複叫著：男孩、男孩、男孩！直到我們離開村莊。

我們走到與另一條路相交的地方時，遇到了背上揹了一個大包裹的工人；走近一看，才發現那個看似包裹的原來是一位瘸了條腿的老人。

老人大喊著：「你一定要走得這麼歪歪倒倒的嗎？你大概是自撒旦墮

天以來走得最慢的人了。喂，那邊的朝聖者，」他向賽昆杜斯搭話，「和我們一起走吧，你的速度搞不好能讓我這個沒用的兒子走快一點。」

我心想：如果我的兒子願意揹著我走，我會感謝他為我踏出的每一步。

老人指著他那隻歪向側邊的腿，說：「你看，我這條腿有問題，我到聖彼得之階去就是為了治好它。那座城鎮用堅固的櫃子保存著一樣聖遺物，但是每到瞻禮日，好心的神父就會向所有人展示那樣聖遺物，讓大家感受聖人的祝福。」

賽昆杜斯低聲地說：「我聽說過這件事。」

我偷瞄了賽昆杜斯一眼；他會不會說出我們想要保護那樣聖遺物的事？顯然他沒這個打算。

一路上老人都在責罵他的兒子走路不夠穩，埋怨天空不斷降下細雨，還有數落賽昆杜斯和我太無聊。最後老人說他需要停下來休息一下，賽昆杜斯便藉機要求他讓我們先走一步。

賽昆杜斯小聲地對我說：「我可以告訴你，只要沒有其他朝聖者，朝聖之旅就會是全世界最棒的消遣。」

我咯咯笑了起來，因為我覺得他說得沒錯；儘管頂著毛毛細雨，能聽聽玩笑話依然很令人開心。

這時，我突然發現一件事：那位老人完全沒有提到關於我的事！他沒有叫我「駝子」或是「怪物」，他和他兒子也沒有對我表現出任何戒心。他不可能是出於好意才這麼做，不可能，因為我一點也不覺得那位老人是善心人士。他們一定是沒有注意到。

我感到相當震驚，下意識將手伸向我的駝背。這是錯誤的行為，我其實是不應該去觸摸駝背的，但是好奇心戰勝了我的理智。我的背依然是駝的，上頭再綁著一個包裹，看起來就像是甲蟲背上的甲殼。

這個包裹把我的駝背藏起來了，這個裝著聖彼得肋骨的包裹！是不是這個包裹讓其他人看不見我的駝背？我等不及要看看更多人的反應了！

我們在路上接連遇到了幾位朝聖者、商人、瘸子，男人、女人、男孩、女孩都有，所有人都是要前往聖彼得之階參加瞻禮日。他們會在我們經過時向我們點頭致意或寒暄幾句，但沒有人對我表現出任何警戒的樣子。有十位朝聖者從他們身上帶的小桶子裡喝著酒，我深知酒精會讓嘲諷變本加厲，但是就連這些喝醉的朝聖者都沒有咒罵或嘲笑我。

每和一個陌生人擦肩而過，我就站得更挺。我心想：對那些人來說，我只是個普通的男孩——一個在擔任僕從的男孩，僅此而已。這個想法讓我的步伐越發輕盈，即使道路在許多人和牛的踩踏之下變得泥濘不堪，使得我們前進的旅程越發艱難，我也甘之如飴。聖彼得，感謝您將我的駝背藏起來。

在路上拐了一個彎後，眼前霍然出現一座城鎮。我從來沒有見過這麼大的城鎮：冒著煙的煙囪林立，外牆像繃帶一樣包裹著整座城鎮，還有一座又大又長的石橋。假如我從橋的一端扔石頭，一定扔不到橋的另一端。靠近我們的石橋這一端站著守衛，每個想過橋的人都必須交給他們一枚錢幣或是其他代替品，因為錢幣並不容易取得。

賽昆杜斯低聲說道：「啊，是通橋收稅員。」一位帶著一群小豬的女士苦笑了一聲，我在小豬的尖叫聲中聽到她請求上帝對那些收稅員降下他們應得的懲罰。

躁動的人潮不斷向石橋奮力擠去，但那些收稅員的動作依然慢條斯理。其他人對此感到不悅，我倒是無所謂，因為再等一、二、三、四天，我就會回家了，我可以用我的餘生慢慢回味這件事。

一位葡萄酒商人大聲爭辯，表示他的酒沒有課稅的價值，事實上，喝了這些酒只會讓人噁心想吐。不過收稅員只是搖搖頭，照樣拿了他一杯酒來代替錢幣。一位農婦帶著一群鵝上了橋，她將鵝蛋當作通行稅交給收稅員時，那些鵝全都發出不滿的叫聲。

走在我們前面的是三位穿著灰色長袍的修女，她們一起迎頭走向這充滿罪惡的世界。頭一位修女大聲對收稅員說：「聖職人員不需要付通行稅。」

收稅員端詳著這些修女，因為她們似乎都心神不寧，而且用一種奇怪的方式彎著腰走路。就在這時，第二位修女的長袍突然爆裂開來，一隻公雞拍著翅膀衝了出來，還發出生氣尖銳的鳴叫聲。包括那些修女在內，所有人都嚇了一大跳，尤其是收稅員，他們根本沒料到修女會企圖將一隻雞偷運進城。

喔，一旁的群眾都大笑了起來。

「我真的不知道……」還沒等第二位修女開始辯解，第一位修女便大喊道：「我們身上沒有雞了，所以我們不需要付通行稅！」她說得的確沒錯，因為那隻公雞已經撲打著翅膀逃走了，而且還不忘大聲啼叫宣告自己逃離了那群修女、通行稅和遭到宰殺的命運。

接著輪到賽昆杜斯和我了，不過旁邊的人都還在偷笑。一位收稅員問賽昆杜斯：「你真的是朝聖者嗎？」另一位收稅員仔細看著我，但他的表情沒什麼變化，也沒有留意到我藏在聖彼得包裹下的駝背。

賽昆杜斯一邊咳嗽一邊回答：「我兒子背上揹的是我們的食物，我身上則帶著要獻上祭壇的供品。我想你們應該還有更肥的雞可以抓來宰吧？」一旁的群眾聽了又開始大笑。

收稅員示意讓我們通過，於是我們順利過了橋。

看哪！我走在深度超過成人身高的水面上！感謝上帝與石匠的創造力。「老爺，有修道士想來偷聖遺物這件事，我們不必先警告鎮民嗎？」

「那不是我們的任務，男孩，我們的任務是保護聖遺物的安全。」

6・聖彼得之階

我們終於抵達聖彼得之階了！街上摩肩擦踵，到處充斥著人群、煙霧和其他東西傳來的濃重臭味。這一邊有一位女士帶著一頭白色的騾子和三個僕從，那一邊則有一群正在祈禱的朝聖者；這一頭有一位家庭主婦在自家門階上販賣葡萄酒，那一頭則傳來一群瘸腳乞丐響亮的說話聲。我手上拿的棍子不斷絆到其他人的腳，所以我沿路都移動得很緩慢，不知道該往哪裡走比較好，結果就跟賽昆杜斯走散了。

感謝上帝，我只從他身邊走失了一分鐘，但天哪，在這短短一分鐘內，我的心臟彷彿快從胸膛裡跳出來了。我大喊：「賽昆杜斯！」但是我的聲音無法穿透這片喧囂。群眾不斷彼此推擠，而且所有人看起來似乎都是一身朝聖者的裝束。

這時賽昆杜斯忽然出現在我面前，緊繃的臉上充滿了怒氣，他舉起手來，我以為他要打我，但他只是把手伸進長袍裡拿出一段繩子。我用顫抖的手指將繩子綁在自己腰上。幸好他找到了我，這讓我大大鬆了一口氣。

我們再次出發，賽昆杜斯牽著我，就像牽著狗一樣，但是我不在意。我寧願當一隻能找到主人的狗，也不願意當一個迷失方向的人。有好幾個人看向我這個被繩子牽著的小孩，但是多虧有聖彼得的包裹，沒有人叫我「駝子」或「怪物」。

我們繼續前進，沿路上看見一些男人在賣派或賣魚，還有一些女人賣著仍有餘溫的小圓麵包。一個男人大聲喊著，說他手邊有最偉大的聖遺物；他面前的板子上展示了一些小塊的金屬、布料及玻璃。一位優雅的朝聖者女士彎身查看板子上擺放的物品，她的女僕則陪侍在側。

賽昆杜斯停下了腳步，指向一塊木頭碎片，問道：「那是什麼？」

那名聖遺物商販加強了語氣，「這可是將聖雅各從聖地一路載往西班牙那艘船上的木片。」

我實在是太驚訝了！聖雅各的手曾經觸碰過的木頭，竟然任何人都能購買嗎？

「我已經買了他另一件商品。」那位優雅的女士說。她的身分一定很高貴，雖然她自己穿著羊毛毛料的朝聖者衣物，但她女僕身上的長袍卻鑲有松鼠毛滾邊。「你想看看嗎？」她對我微笑——那是有如陽光一般溫暖真摯的微笑——然後拿出一個小小的金盒子，盒裡的格子多到我得用上所有手指才數得完。每個格子裡都放了一小塊骨頭碎片，只有一格放的是木頭碎片。

「現在我擁有九位聖人，還有聖雅各的船了。」那位女士轉向聖遺物商販，臉上的微笑變得像鐵一樣冷硬，「你還有什麼可以賣給我的？」

那位高貴女士的微笑和她擁有的聖遺物讓我目眩神迷。我跟著賽昆杜斯來到一條街上，這裡的每個攤位和每扇門邊都展示著拐杖，許多人大聲叫賣著，他們說在聖彼得之階購買的枴杖能協助有任何腿傷殘疾的人自力行走。在稍遠的地方有一條鞋匠街，陳列著數量遠遠超乎我想像的鞋子和靴子：有皮革製、布製的、繫著鈴鐺的、裝飾著蕾絲的；有室內拖鞋，也有能穿上好幾年的厚實靴子；女式木拖鞋有高高的鞋跟，可以防止女士的腳踩進爛泥裡。

我們來到一個擠滿了人的大廣場，我看見戴著風帽斗篷的托缽修士、穿著長袍的修女（但她們可沒有偷運公雞！），以及帽子上別著徽章的朝聖者，還看到有人在賣用蜂蠟製成的蠟燭及義肢。蠟和錢幣一樣珍貴，而且可以塑型成各式各樣的供品。最後，我們來到了一座大教堂的階梯前，薰香的煙有如雲霧般從教堂的門裡飄散出來，一群群朝聖者則像聚集成團的雲朵似地不斷湧入。一位傳教士站在階梯上，大聲說道：「讓我來告訴你們有關羅馬的事吧！」

賽昆杜斯抬起頭，往前擠到更靠近階梯的地方。

傳教士繼續說：「教宗已經宣布，今年——也就是吾主耶穌的一三五〇紀年——是為聖年。今年所有前往羅馬的罪人都能夠得到救贖。」

一瞬間，賽昆杜斯的臉上顯露出我從未見過的渴望神情。

「羅馬將會發生許多神蹟！你們知道嗎？一個患上痲瘋病的女人觸碰了聖彼得之墓以後，立刻就痊癒了……」

賽昆杜斯用嘲弄的語氣說：「痲瘋病，他們就只會說痲瘋病。」他用肩膀推開人群往裡面走，我別無選擇，只能跟在他身後。

站在這間教堂裡，也會讓人覺得自己彷彿站在寶石的中心。即使在黃昏陰暗的光線中，窗戶依然顯得色彩繽紛，教堂穹頂在蠟燭的照耀下流光溢彩，牆上還掛著裝飾的布條。祭壇位於教堂的另一頭，在黃金和燭光的裝點下閃閃發亮。櫃子就在那裡，櫃門敞開著，好讓所有人都能看見裡面放的東西。

我們往前走，沿途到處都躺著傷患或瘸腿的人，光是看到他們的腳就讓人覺得痛。很多人都拿著拐杖，男男女女在櫃子前祈禱，櫃子四周則站著八位手持長矛的守衛，負責警戒每一位靠近的朝聖者。

賽昆杜斯仔細觀察著祭壇四周的環境、守衛，以及他們身後的窗戶，那些窗戶又高又窄，頂端呈尖拱形。我們又走近了一些，我可以看到那樣珍貴的聖遺物了……

那是一隻鞋子，一隻破破爛爛又灰撲撲的男鞋，是那種窮人可能會施捨給乞丐的鞋。

這個時候，猜猜誰出現了？我們在路上遇到的那個易怒老人！老人在他兒子背上，一面前進一面向群眾咆哮，而且還向守衛揮舞他的拐杖，「我想要親吻聖彼得的鞋！」

守衛回答：「任何人都不能觸碰聖遺物。」

老人用誇張的手勢揮舞一塊閃閃發光的藍色石頭。

守衛彼此互望，然後退到了一旁去，讓他兒子將他揹到前方。老人的兒子在祭壇前將他放下，老人則將他的寶石放在祭壇上，露出了勝利的微笑。

突然間，他伸出他那隻骯髒老邁的手抓住了鞋子！

一旁的群眾都倒抽了一口氣。

「不！」守衛大叫著撲上前去。

「不！」賽昆杜斯張大了眼睛。

老人用力親吻那隻鞋，然後將鞋子放下，大聲喊道：「我好了！奇蹟發生了！」他用腳將自己的身體用力撐了起來，雖然他無法將重量放在那隻瘸腿上，但只要支著拐杖就能走路。他就這麼撐著拐杖走出了教堂。

朝聖者因為親眼見證到這個奇蹟而歡欣鼓舞，許多人都跪下來祈禱，但是守衛卻一臉怒容。看著守衛站在櫃子前加強警備，賽昆杜斯也顯得臉色陰沉。

我小聲對他說：「老爺，那隻鞋差點就被偷走了。」

「那些守衛已經很盡職了。」但是他聽起來不太高興，而且他在人群中推擠著走回街上的途中，一直都皺著眉頭。「人潮比我想的更多。先找家旅店吧……」

他突然抬起頭，眼神也變得銳利。

我嗅著空氣中的味道，有麵包、番紅花、甜葡萄酒和燉蘋果的香味，還有一股臭味……

有隻狗躺在門口，一隻臭烘烘的老狗。他在睡夢中放了個屁，屁聲大到眾人都能聽見；周圍的人都因為這個臭屁而暗自發笑。

賽昆杜斯勉強擠出一個微笑，說：「還真是有趣。」但他的聲音聽起來一點也不覺得有趣。

真是奇怪，他為什麼不喜歡臭烘烘的狗呢？明明他自己也有一股臭味，我一邊跟在他後面走，一邊思考這件事。不過賽昆杜斯的臭味確實有點不同，但我說不出有什麼差異……

最後我們偶然找到一間房子，豐滿的女主人在爐火旁販賣鰻魚、葡萄酒和床位。她看到我的時候，高興地大喊：「多麼可愛的小天使啊！」不過那是因為她沒有注意到我的駝背。她吩咐她的女兒來接待我們。

她女兒年紀還很輕，雖然看起來很纖瘦，但渾身上下充滿精力。這女孩也同樣沒有注意到我是駝子，她拿了一塊蜂蜜鬆餅給我，當她看到狗兒都擠到我腿邊來，便止不住地笑，「真是的，牠們看到你就像看到蜂蜜一樣立刻圍上去了，真希望牠們也這麼喜歡我。」她問我是從哪裡來的，聽到我是從莊園一路走來以後，她嘆了一口氣：「你家一定很棒。」

我看了看寬廣的壁爐和使用了蠟布的窗戶，「沒有這裡好。」我住的羊欄連窗戶都沒有。

她又開始笑個不停，「你可真會說話！如果你不快點把那塊蜂蜜鬆餅吃掉，我可會把它一口吞掉喔。」她快步離開了。我悄悄將蜂蜜鬆餅分給狗兒吃，因為我其實不是很喜歡蜂蜜。能和其他人講上話是多麼美好的事啊！而且還是跟我差不多年紀的女孩！她沒有嘲笑或是譏諷我，她把我當成普通男孩對待，就像對其他男孩一樣。

我安坐在角落，愉快地聽著那女孩的清脆笑聲從喧鬧聲中傳來。我警告狗兒，要他們不准放屁，不然正在和其他朝聖者喝酒的賽昆杜斯會不高興，他們答應我絕對不會。一隻帶著斑紋的母雜種狗和她四隻肥嘟嘟的小狗依偎在我身邊，她把頭擱在我大腿上，一邊餵小狗喝奶，一邊露出狗兒的慈愛微笑；另一隻長滿粗濃黑毛的狗則忙著確認我的手指或耳後沒有留下任何一滴蜂蜜。每隻狗兒和小狗填飽肚子後，都躺到我身邊來，而且沒有任何一隻狗放臭屁。這是我這輩子最快樂的一刻，因為有這麼多狗兒喜愛我，加上我剛剛又見證了奇蹟，而且這一整天都沒有人辱罵我，尤其是笑聲有如銀鈴般的那個女孩。

走在路上不必在意別人的視線、謾罵，也不必擔心有石頭飛過來，還能欣賞女士的微笑以及聆聽女孩的笑聲，這種生活實在是太美妙了。一個念頭像野草一樣在我腦裡萌芽：如果我的駝背消失，該有多好啊，這樣我就能看見更多笑容，生活得更舒適，感覺更安全。要是我能過上跟「駝子」或「怪物」無緣的生活就好了。

別想了。我命令自己。你不應該這麼想，男孩，這樣不對。

但是野草很頑強，不管我怎麼拔，也無法斬草除根。

7・瞻禮日

我在狗群中醒來。今天就是瞻禮日了，賽昆杜斯和我要拯救聖彼得之階的聖遺物！

其他朝聖者在我四周打鼾，賽昆杜斯則是占了一張桌子，像具屍體一樣躺在上面，用帽子蓋著臉，緊握著胸前的手杖。

豐滿的女主人在屋裡到處奔忙，她女兒則攪動著爐火上的大鍋。那個女孩看到我躺在狗群裡的情景，咯咯地笑著，她的笑聲讓整個房間都明亮了起來。

爐火旁坐著一位正在講故事的盲人，那個女孩顯然已經聽過這個故事了，因為她一面聽一面點著頭，但是醒來的朝聖者都聚集到那位盲人身邊，而我也靠了過去；世上哪有人不喜歡聽好聽的故事？故事的一開始，是聖彼得從聖地出發去散播福音，他跨越鹹鹹的海水，然後在法國上岸，一路走到一座山上。在那裡，他遇見了一位貧窮的乞丐婦人，雖然當時是下著雪的隆冬，但她沒有鞋子可以穿，於是聖彼得將自己的鞋子送給那位乞丐婦人，接著回到了羅馬，之後他便慘遭邪惡的羅馬皇帝殺害。那位婦人為了換取食物而賣了一隻鞋，但是她將另一隻保存了下來，因為那隻鞋子是聖人的物品。朝聖者紛紛前來參觀聖彼得的鞋，讓位於山頂的聖彼得山修道院繁茂一時。

（講到這裡，盲人停了下來。女孩裝了滿滿一碗燉菜，然後拉著盲人的手協助他將碗拿穩。盲人一邊向她道謝，一邊用手指抓燉菜來吃。）

隨著這座山的名聲越來越響亮，一座城鎮也在山腳逐漸成形，就是如今的聖彼得之階。但是登上聖彼得山的朝聖者很少在這座城鎮裡逗留，而修道院中的修道士也全然不顧這些鄰鎮居民的生計。後來，瘟疫爆發了，那些膽小的修道士將聖遺物毫無防備地丟在修道院裡，自顧自地全都逃走了，因此鎮民將那隻鞋恭迎下山，安全地保護起來。如今聖彼得之階迎來了龐大的財富，每天都有越來越多訪客，一切都是拜聖彼得的鞋子所賜。

女孩一邊聽一邊點著頭，雖然那位盲人看不見，她的臉上還是掛著微笑。

「還有，拜奇蹟所賜。」盲人嘆了一口氣。「就在昨天，一位老人爬了整整十二里格[1]來到這裡，爬到祭壇上親吻聖彼得的鞋，然後他的瘸腿就痊癒了。他最後是一路跳著舞跳出教堂的！」

我欣喜地倒吸了一口氣；我親眼見證過這項奇蹟！正確地說，那位老人不是爬來的，也沒有跳舞，但是他的精神和腳確實都治癒了，對於那麼愛發牢騷又暴躁的人而言，確實是個奇蹟。

有人戳了我的背一下，讓我嚇了一跳；是賽昆杜斯。他說：「走吧，男孩。」

於是我拿起桿子，拍拍狗兒，並和那位擁有銀鈴般笑聲的女孩揮手道別。她說狗兒會想念我，我希望她也會想念我。接著，我便跟著賽昆杜斯迎向戶外的早晨。

今天的人潮更多了。賽昆杜斯檢查我背上的包裹是否安全，因為在這麼擁擠的群眾中，總會有些手腳不乾淨的人；他又扯扯我腰上綁的繩子，測試是否牢固，「你今天感覺怎麼樣？能爬高嗎？」

1．League，即里格，是歐洲和拉丁美洲使用的古老長度單位，此處的十二里格約為四點八公里。

「沒問題，老爺。」我拉拉繩子，向他證明我能做到。

「做好準備，事情會發生得很快，你得快速行動，並照我說的做。」

我點點頭，脈搏開始加速。我們必須拯救聖遺物。

我們往教堂的階梯走，同一位傳教士依然站在那裡向群眾保證羅馬即將發生奇蹟。賽昆杜斯將廚娘交給我的銀杯遞給我，雖然那不過是一、二、三天前發生的事，但我感覺好像已經過了一、二、三年。「高高揮動那個銀杯，男孩。」他在我們進入教堂時說道。「我們有供品！」他大喊，「快讓路，這位男孩要捐贈供品給聖彼得之階的教堂。」

眾人看到銀杯都驚呼連連，並讓出一條路讓我們走。

聖彼得的鞋子靜靜地待在櫃子裡，四周站著守衛，鞋子前面跪著男女老幼、窮人與富人。

賽昆杜斯鬆開繩子，點頭示意我向祭壇的階梯走去。祭壇後方高處的窗戶敞開著，薰香和朝聖者的氣味從那裡飄散出去。

我跪下來，將桿子放在旁邊的地面上，然後將銀杯放在錢幣、輔幣、蠟燭及蠟旁，我想起賈克爵士為了慶祝兒子的誕生，舉起這個銀杯敬酒那晚。我為夫人和她的三個寶寶祈禱，也祈禱賈克爵士的嚴重傷勢能夠痊癒，然後又為廚娘祈禱，就如同我先前向她保證的一樣，「我請求您，聖彼得，請不要讓廚娘下地獄受永恆的折磨。」

我偷瞄了賽昆杜斯一眼，他在一旁站著，仔細觀察守衛。

「我還想請求您一件事，聖彼得。」我小聲說道，「我只是一個卑微的山羊牧童和……一個怪物……，但是我請求您，聖彼得，請治好我的駝背，不要再讓別人盯著我看。」

好了，我已經將禱詞都說出口了。

「阿門。」我等待著。

說不定等一下聖彼得會回應我的禱告。

我站起身來，手裡握著繩子。賽昆杜斯還是站著沒有動。

群眾開始往前擠。一位年輕的母親站在我們附近，她懷裡抱的寶寶臉頰粉嫩，正在啜著自己的兩根手指；那位母親驚恐地望著大批湧進的朝聖者。雖然窗戶開著，空氣中還是飄散著濃重的薰香和蠟燭的煙霧，而且一點風也沒有，牆上掛的裝飾布條文風不動。

一個女人突然尖叫了起來，說自己快要窒息了，緊接著又有另一個女人開始尖叫，一個男人隨後也叫了起來。臉頰粉嫩的寶寶開始哭了起來。

「老爺……」

「耐心點。」賽昆杜斯低聲對我說，「他們會在第三時辰[2]的鐘響起時出現。」

我們頭頂上的鐘塔傳出了鐘響，這是提醒大家進行三時經祈禱[3]的鐘聲。

我們身後的教堂入口處忽然出現了一陣大騷動。

有人大喊：「有小偷！」

另外有人大叫：「是修道士！他們派了打手來！」

修道士！真的讓賽昆杜斯說中了！

一個男人用低沉的聲音吼道：「我們要拿回我們的聖遺物。」我聽到金屬相互撞擊的鏗鏘聲，群眾為了遠離打鬥，紛紛四散推擠，我們也受到了波及，我很擔心我們會被踩到。那位母親緊抱著她的寶寶，大聲尖叫。

祭壇旁的守衛都全身緊繃，將手上的長矛指向外面。賽昆杜斯皺著眉頭看著他們，然後大聲喊道：「快去幫忙你們的同伴。」

「老爺，那個寶寶……」

「快點行動啊，你們！」賽昆杜斯對守衛下令，但他們還是沒有動。

「老爺，那個寶寶會被壓死……」我知道我們必須保護聖遺物，但是寶寶的性命比一隻鞋更重要。

「別再管那個……」他快速轉向我，然後臉上突然露出笑容。「你說得對！爬上去吧，男孩，爬到那扇窗戶上，我會把寶寶拋給你。」

這是個荒唐的辦法，但聊勝於無；總不能眼睜睜看著寶寶被人群壓死。

守衛緊握著他們的長矛，拼命想透過人群看到另一端的打鬥情況，他們沒有發現我像隻蠑螈一樣從他們的腿間鑽過。一碰到牆壁，我就抓著石頭和牆上的織錦畫往上爬，讓繩子垂在我的身後，最後終於爬到了窗台上。

2．即早上九點。

3．早上九點進行的祈禱儀式。

「喂！」賽昆杜斯對我大吼，然後搶過了寶寶。

「不！」那位年輕漂亮的母親大聲尖叫，為了奪回自己的寶寶撲上前去，她身邊的朝聖者也都驚叫了起來。

「男孩！」賽昆杜斯又一次呼喚我，聲音大到連守衛、那位母親和其他朝聖者都轉過來看我。他舉起了手臂……

我努力在狹窄的窗台上保持平衡。他在做什麼？沒有任何一位善良的人會將寶寶扔出去……

賽昆杜斯將寶寶拋向我這邊。

我這輩子都不會忘記那一刻，每個人都震驚地呆站在原地，所有男人和女人的嘴巴都張大成雞蛋的形狀，看著那個寶寶往上飛，飛向我。守衛也轉過身來，張大了眼睛看著這一幕。就連寶寶的嘴巴也張大成雞蛋的形狀，他的小手臂在煙霧瀰漫的空中胡亂揮舞。

我必須救這個寶寶，不然他就會死掉。

我伸出手，用雙腿夾緊窗台。教堂裡的每雙眼睛都盯著我看。寶寶飛越空中，群眾都倒抽了一口氣。

我用雙手抓住了寶寶，然後把我們兩人都拉回到安全的地方。寶寶盯著我看了整整一秒，然後生氣地開始放聲大哭。

「我的寶寶！」那位母親大喊起來，奮力衝過守衛的防線，接著抓住綁在我腰上的繩子開始往上爬。我從來沒想過為人母的女性竟然能有這麼敏捷的身手，但她很快就爬到我身邊的窗台上，把她的寶寶緊緊抱在懷裡。

人群的尖叫突然變大聲了，武器相擊的聲音和打鬥也又開始了。

賽昆杜斯大喊：「男孩！」，然後也抓著我的繩子爬了上來，差點把我從窗台上拽下去。他跳上窗台，發出勝利的笑聲，並將身後的繩子拉了起來。他大叫：「快跳。」於是我跳到窗戶下方的屋頂上，遠離教堂內的恐慌和搏鬥，然後幫助那位母親從滿是苔癬的磚瓦上爬下來，並在她跳下街道時替她抱著寶寶，再將嚎啕大哭的寶寶往下遞給她。

「願上帝保佑你。」那位年輕漂亮的母親大聲對我說，「願上帝永遠保佑你。」

賽昆杜斯在我們身後落地，他對那位母親厲聲說道：「你們快離開這裡。」然後對我說：「走吧，男孩。」他沿著一條充滿貓臭味的小巷奔跑，我小跑著跟在後面，感到亢奮不已，心臟隨著教堂中迴響的叫喊而砰砰作響。我剛剛救了一個寶寶的命！一個寶寶和一位母親，而且很可能——雖然或許沒有那麼重要——很可能也救了我自己的命。

我們從小巷跑上一條街道，又接著跑上另一條街道，然後穿過有兩個守衛的厚重城門，最後跑出了城牆外。

賽昆杜斯笑容滿面，「我們成功了。」他帽子上的徽章在陽光中閃閃發亮。

「我們救了他們！」

「什麼？啊，對啊，我們救了……」他抽動著鼻子，好像聞到了什麼。

但我只聞到腐爛蕪菁的味道，「別擔心，老爺，爛蕪菁聞起來就跟狗放的屁一樣。」

「什麼？」

「昨晚那隻狗，您不喜歡他的味道。蕪菁和狗放的屁聞起來一樣。」

他大笑一聲：「啊，你是說那隻放屁的雜種狗。你說的沒錯，那聞起來就像是腐爛的蕪菁。喔，男孩，我一定會想念你的。」

想念我？

他輕聲笑道：「你真的很會爬高，而且能想到那個寶寶實在是太聰明了。」

我忍不住微笑了起來。傲慢會使靈魂墮落。

賽昆杜斯和我懷揣著各自的思緒往前走，繩子拖在我身後。我已經見證了兩項奇蹟：一位老人治癒了瘸腳，還有一個寶寶在空中飛翔。我從水上走過，而且親眼看到了聖彼得的鞋（不知道那隻鞋後來怎麼樣了……但是寶寶的性命比鞋重要多了）。我和一個女孩說上了話，而且她沒有叫我「怪物」，還有一位優雅的女士對我微笑。我也遵照廚娘的命令為她祈禱了，真高興可以向她報告這件事，也許這樣廚娘以後就不會那麼常向我大吼大叫。

我很高興回去莊園還需要三天的時間，我要利用每一分鐘來將這些經歷好好收進我的回憶裡。如果有一天我又老又盲，而有人願意給我一點蜂蜜餵狗兒吃，我或許就會將這些故事說給他聽。或許我不只可以告訴狗兒，還可以告訴山羊。或許我會交到一位朋友，而且他會發出銀鈴般清脆的笑聲。

我們沿著道路走向河畔，我看到上游有一處河水較淺的地方設有濡溼的長繩，一位牧人正抓著那條繩索，帶領牛群通過水深及膝的河流。

賽昆杜斯細讀他的書，然後伸出手指，「你要穿越那裡。」

「好的，老爺……」他說「你」的時候聽起來就像是要我一個人走，讓我覺得有點不安。

他皺起眉頭，我的心跳瞬間停止了。雖然我讀不懂字，但是我讀得懂人的表情舉止，而且我還記得他說他會想念我。那一刻我明白了，他要我離開。

8．岔路口

「拜託您，老爺！」我雙膝跪下，「拜託不要趕我走。」

「站起來，我之前需要一個可以爬過窗戶的男孩，但我現在不需要了。」

「拜託您，老爺……」

「閉嘴！把包裹還我。那根棍子到哪兒去了？」

棍子！「對不起，我弄丟了……」

「你弄丟了？這樣我怎麼拿肋骨？」

「我可以再幫您找一根……」我沿著小路急奔，但越是在這種時候，就越找不到棍子。賽昆杜斯緊抓著他的書，在我身後醞釀著怒火，他的沉默讓我有時間能夠思考。我知道自己絕對沒辦法找到莊園，莊園在西邊某個地方，但是「西邊」可是很廣大的範圍，而且就算我知道回去的路，也不能獨自一人走回去，其他人會以為我是想要逃跑的僕人，甚至更糟，我可能會被土匪殺掉，或是被狼群吃掉。

但是另一個念頭——一個虛榮的念頭——悄悄溜進了我腦裡，就像藤蔓偷偷爬入石頭的縫隙間般。自從賽昆杜斯將他的包裹綁在我的駝背上以後，就再也沒有人叫我「駝子」或是「怪物」，這讓我很高興，真的。我很高興能看到別人對我微笑，我很想再看到更多微笑。

我每走一步，這個念頭就變得更為根深柢固。山羊不會想念我——他們會想念有我陪伴的日子（至少我希望他們會），但他們不需要我，因為山羊既聰明又堅強；公牛可以找到其他欺負的對象。至於廚娘，我已經替她捐出了銀杯，也為她的靈魂禱告過了，所以可以心安理得地向她報告這件事，但我不一定要立刻向她報告。

我拍拍背上的包裹，包裹傳來的柔和溫度讓我振作了起來。

賽昆杜斯對我怒吼：「你在搞什麼？」

「對不起，老爺，我在確認聖遺物的安全。」我在感謝它對我的護佑，也希望能再揹著它更久一點。

「老爺？」我小心翼翼地向賽昆杜斯開口。

「做什麼？」

「我很喜歡……我知道自己沒有資格這麼說，但我想為您揹負這個包袱……」

「我的包袱？」

「是您的……您的包裹，老爺……」

賽昆杜斯迅速轉過身來，速度快到我以為他要打我一巴掌。「你根本不知道我身上揹負著什麼樣的包袱，根本不知道。」他揮舞著他的書，「你看。」

那本書上每一頁都寫滿了文字；不只是文字，還有我看不懂的圖畫和線條，遍布在所有書頁上，有的還寫到了最邊邊。「這就是我在追尋的目標，需要花上幾十年，甚至幾百年才能解讀完的情報——關於聖彼得七樣聖遺物的情報！我得到了地圖、拿到了平面圖，也得知了……許多祕密。我一直到六個月之前才知道修道士的攻擊計畫，就在我……就在我到達巴黎之前。那是最後一條線索了，又或者說我原本是這麼想的。」他毫無預警地轉向我。

我害怕地往後退，但他沒有打我，沒有。他只是想要抓住我揹在肩上的包裹，或者說他差一點就要抓住了，因為他一碰到包裹就大叫了起來。

「那才是我的包袱。」他大聲叫罵，然後大步走開。

我跟著他，任由繩子拖在身後。我還能怎麼做？

「收集六樣聖遺物，然後帶到羅馬的聖彼得之墓去。肋骨、牙齒、拇指、脛骨、骨灰、頭骨、墓園，就這麼簡單。我的研究到底遺漏了什麼？一件幾乎不值一提的小事：我沒辦法碰觸聖人的遺骨！」他怒目瞪視著自己手掌上的傷疤。

「羅馬嗎，老爺？您剛剛是說羅馬嗎？」賽昆杜斯要去羅馬？

他從樹上喀嚓一聲用力折斷一根樹枝。

羅馬！天哪，大家都知道，羅馬是充滿了奇蹟的城市。只要抵達聖彼得之墓，身心都會受到治癒。「老爺？」

「把包裹還我。」他伸出樹枝。

「請讓我服侍您。」

「什麼？」他瞇起了眼，「為什麼？」

「因為……我想揹著這個包裹，這樣您就不會燙傷了。」因為我想去聖彼得之墓，祈求他將我變成一個普通的男孩。

我將拖在身後的繩索收了起來，不顧泥土將雙手都弄髒，我就是這麼勤勉的僕從。只要是為了賽昆杜斯，就算全身都弄得髒兮兮，我也無所謂。「您可以當我的主人，我會當您的僕人，我會像服侍賈克爵士一樣服侍您……」我小心地解開繩結。

賽昆杜斯大步沿著小路走。

我跑著追上他，把繩子交到他手上。

他扔掉繩子，繼續邁步向前走。

我緊追在後。「我可以加快速度，我可以走得和大人一樣快。」一、二、三天前我還那麼害怕這位朝聖者，那個時候只要能避開他，要我做什麼我都願意，但是現在除了服侍他以外我什麼也不想要。我必須前往羅馬，因為在那裡，在墓前，聖彼得會賜我一個奇蹟，這樣一來，廚娘就會接納我，公牛和其他人也不會再鄙視我或朝我丟石頭。我將不再是個怪物。

我們來到一個岔路口，往左是有河水流過的寬廣淺灘，往右則是一條向上延伸的小路。

賽昆杜斯停下腳步。

我也跟著停下，氣喘吁吁。我跟上他的速度了。

我像優秀的僕人一樣低頭站著，駝背上揹著那個溫暖的包裹。我其實很想跪下，但我感覺這麼做無法動搖他的心意，而會造成反效果。

「你什麼都不准吃。」他沒有看著我。

「我不必吃，老爺。」我本來還可以說更多，但是我沒有。

「你可以揹著包裹……」他把嘴歪向一邊，「你可以揹著包裹，不過一旦你耽擱到我的行程……你懂吧？」

「是的，老爺。」我絕對不會耽擱他的行程，一次都不會。

他仔細打量我，從我的紅色舊兜帽一直掃視到我尺寸過大的破爛靴子。「來吧。」他迅速走向那條上坡的小路，遠離河流，遠離莊園，朝向羅馬。

天哪，我的心在胸膛裡激烈跳動，但是我一聲也沒吭，我將很多或許應該說出口的話都藏在心中。我沒有說：「謝謝您，主人」；我沒有說：

「我必須到羅馬去擺脫我的駝背」；我沒有說：「我得告訴您實情，主人：我其實是個怪物，不是個男孩」。

我是個騙子；一個正在前往羅馬的怪物騙了。我真是邪惡。

第二章：聖遺物竊賊

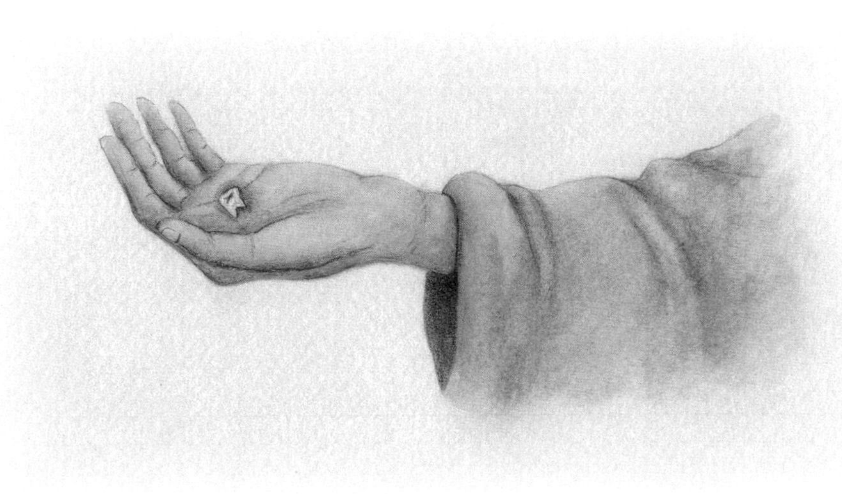

9．第二樣：牙齒

我們往上爬，不斷往上爬，但不管有多喘，我都沒有放慢腳步，因為我要去羅馬！

我要前往羅馬，去變成普通的男孩。

這句話聽起來真是振奮人心。

山坡越來越陡峭，後來小路上終於出現了台階，形成一段階梯。這段濕滑的石階歷史久遠，到處都有缺角裂隙，我摔倒了好幾次，每次小腿都狠狠撞在台階上，但是我沒有因此耽擱到行程。

賽昆杜斯停下來，雙頰泛紅，抽出他的書。「那塊岩石看起來像不像一頭在休息的牛？」

仔細一看，的確是滿像的，而且他書上的圖看起來跟那塊岩石也很像。

「那就是我們等下要走的小徑。」他研究著書上其他圖畫、圍繞在圖畫旁的文字，以及已經劃掉的文字。「那座聖彼得山上的修道院……有很多可以藏牙齒的地方呢。」他抬起頭來，原本眉頭深鎖的臉上露出了笑容。「看來我們得以物易物了。」他把手伸進袋裡，拿出一件灰撲撲的東西，然後又快速放回包裡去。

我驚訝地倒抽了一口氣，「是那隻鞋子！」是聖彼得的鞋子，擺在聖彼得之階祭壇上的那隻鞋子！

他又咧嘴笑了起來，「走吧，男孩。」他開始動身。

「但是……」賽昆杜斯將寶寶拋給我的那一刻，每位朝聖者都轉過來看我。每個女人，每個男人，每個守衛……每張臉都在盯著我看，我恍然大悟：除了賽昆杜斯以外，因為那一刻他偷偷把手伸向了祭壇。「但是老爺，您說我們必須保護那隻鞋子。」

「你覺得把那隻鞋擺在那群暴民面前安全嗎？還有那個嬰兒，如果不是我們，那個嬰兒大概已經被踩死了。嬰兒和鞋子兩者兼顧，非常高明的聲東擊西之計，男孩，非常高明。」

「但是鎮民也想要保留他們的聖遺物吧？」

「你沒聽到那個盲人說的嗎？鞋子是鎮民從修道院拿走的，我們現在只是要把鞋子還回去。」

但是您讓那個寶寶的生命遭受危險，我很想這麼說，還有我的生命。您說的話聽起來都像是真的，卻讓我困惑不已，您說過——「老爺，您說過聖遺物會燙傷您。」

「真是個聰明的孩子。那為什麼我能拿著這隻鞋呢？當然是因為這是假貨……啊，終於到了。」

階梯的盡頭是一道逐漸傾圮的牆，牆上爬著常春藤，雙開大門的門扉也已經下垂，這就是聖彼得山修道院。這棟建築物確實是座堡壘，但正逐漸走向衰敗。傳入我耳中的唯有風的呼嘯，這裡沒有人會發出銀鈴般的笑聲。

賽昆杜斯挺起胸膛振奮精神，然後踏入了修道院。

我跟在他身後，心裡還在為他剛才坦白的事實震驚不已：那隻鞋在賽昆杜斯手上！

草像蟲一樣從鋪路石板之間的隙縫鑽出來，豎立著十字架的土墩上雜草肆意蔓生，看來瘟疫對這個地方帶來了很大的衝擊。

一位彎腰駝背的守門人拖著腳步朝我們走來，賽昆杜斯只用了一句話和一枚錢幣，就說服他將我們領入一個大房間。這個房間雖然能擋禦寒風，卻也易於積聚寒氣。房裡坐著一個男人，他低著頭在祈禱。

我知道他在為他的弟兄祈禱，他看起來憂心忡忡，令我有些納悶。

「您好，院長弟兄，抱歉打擾了。」賽昆杜斯在桌上擺了一枚薄薄的金幣，「可以耽誤您一點時間嗎？」

修道院院長先是盯著金幣看，然後又盯著賽昆杜斯看；他的視線掠過賽昆杜斯帽子上的徽章。「不好意思，我恐怕無法為您端上葡萄酒⋯⋯」

「葡萄酒就留到美好的午後再享受吧。我來這裡是為了做筆交易，我知道您需要一件聖遺物。」

我心想：就是我的主人帶在身上的聖遺物，但我盡可能不讓內心的想法顯露在臉上。是那件正讓山腳城鎮裡的人大打出手、互相爭奪的聖遺物。

院長砰地一聲大力拍打桌面，「鎮民說他們拯救了聖遺物，但事實上，他們是趁我們忙於照顧瀕死的弟兄時將聖遺物偷走的。如果我們還擁有那隻鞋，就會有人來這裡朝聖……」

賽昆杜斯露出他一如既往的微笑，「啊，我正好就是為這件事而來的。前一段時間，應該說多年前，我聽到了一個與修道士有關的驚奇故事。羅馬曾經有位修道士，他所侍奉的世界天主教會母堂裡保存著聖彼得的頭顱。」

院長的表情突然變得很不安。

「喔，我想你聽過我要說的故事了。這位修道士呢，並不是一個正派的人。有天晚上輪到他守衛祭壇，他決定要親眼看看聖遺物，於是他就看了……而且還偷了一顆牙齒。」

院長緊緊盯著賽昆杜斯。

「一顆聖彼得頭顱內的牙齒。這個小偷——您似乎認識他？——逃離了羅馬，最終來到了法國某座山上的修道院。這座修道院供奉的是聖彼得，所以這個小偷認為待在這裡可以稍微減輕他犯下的罪行。修道院接受了那樣聖遺物，也就是那顆牙齒，而那個人則成為了修道院院長，發誓有一天會將那樣聖遺物返還羅馬。」

「不可能……沒有人知道這件事……」

「但是那位院長一直沒有實現他的諾言。」

「這件事……我是說假如真的有這件事，也是很久以前發生的，所有知情的人都已經死了。」

「是啊，死了。」賽昆杜斯微笑著說：「我們都知道，這樣聖遺物能換來足以鋪滿整座山的黃金，但如果宣告這樣聖遺物存在，教宗必定會拒絕承認它的價值，因為聖彼得的遺物只能留在教宗的聖城裡；假如一間寒酸的修道院宣稱他們擁有第一任教宗的一部分遺體，讓朝聖者覺得以後再也不必特地跋山涉水跑到羅馬去……想想羅馬那些教士還有旅館主人會有什麼反應。您可能得因為偷竊、說謊等罪行接受宗教審判。」

「那才不是偷竊！我是說……那顆牙齒不是被偷，而是自己跳進那個窮修道士手裡的。」

「啊，這個版本聽起來好多了，但我可不曉得誰會相信這個版本。」

「聖彼得希望我們擁有那顆牙齒。」

「是有這個可能，不過就現階段而言，擁有那顆牙齒對這間修道院實在沒什麼好處。您擁有一件價值連城的寶物，卻無法加以利用。」賽昆杜斯把手伸進他的袋裡。「因此我提議用一件您能夠利用的寶物，來交換您手上那樣寶物。」他把聖彼得的鞋子放到桌上。

院長倒抽了一口氣，他目瞪口呆地盯著那隻鞋子和賽昆杜斯，甚至還有我，臉上顯得百味雜陳……接著，他似乎下定了決心，拿起金幣迅速離開了房間。

我的主人和我在原地等著。賽昆杜斯擦了擦前額，他的雙頰泛紅，兩眼發光。「你會打架嗎，男孩？」

「不會，老爺……不過我會逃跑。」為了維護我的尊嚴，我多加了一句。

「那就做好隨時逃跑的準備。那個院長要不是拿我想要的東西來換，就是準備強行搶奪這隻鞋……看起來他們已經連織錦畫都賣掉了。」

到現在我才注意到石牆上的鉤子，還有這幾面空蕩蕩的牆。如果這個房間裡掛著織錦畫，再點燃蠟燭和爐火，一定會舒適許多。

一陣腳步聲傳來。院長回來了，而且是單獨一人。

賽昆杜斯的肩膀放鬆了下來。

院長將一個盒子放在桌上——一個很小的金盒子，盒子上有個圖案，是一個長著鬈曲鬍子、拿著鑰匙的男人——聖彼得。

賽昆杜斯低聲說：「把盒子打開。」

院長的臉沉了下來，但還是按照他說的做。盒子裡放著一顆老舊磨損的黃色牙齒，看起來沒什麼引人注目的地方。

賽昆杜斯說：「男孩，拿走牙齒，盒子不用。」

我拿起那顆牙齒，摸起來很溫暖……不過在這麼冷的房間裡，大概摸什麼都會覺得溫暖。

院長瞥了賽昆杜斯一眼，然後迅速奪走鞋子——那隻據稱屬於聖彼得的破爛灰鞋子，並緊握在手中。

賽昆杜斯站起身來，說：「真是一筆很棒的交易，希望那隻鞋子能賜予您所有應得的祝福。」他走向門口，我按照僕人的本分小跑著跟在他後面。雖然我的後頸感到刺人的視線，但我沒有回頭。

我們走出修道院，剛才那位守門人完全不見蹤影。

我想，我們安全了……

突然間，一陣比雷鳴還大聲的巨響襲向我們，我尖叫了起來。

賽昆杜斯大笑，「那只是鐘聲，男孩，你以前沒聽過教堂的鐘聲嗎？」

我當然聽過教堂的鐘聲，但從來沒有在這麼近的距離聽過。

「這聲音很棒吧？」他在震耳欲聾的鐘聲裡大喊著。

我很想說：我只覺得很吵。

「他在宣告奇蹟發生了！」

這陣響聲讓地面都為之震動，遠處的丘頂還傳來了回音。

我們匆忙走下粗糙不平的石階，在鐘聲暫停的間歇寧靜中，我聽到了聲音——是一群人一邊唱歌一邊朝我們這裡爬上來的聲音。是那些修道士！

我們趕到形似臥牛的岩石邊，然後躲到了後頭。沒過多久，一群修道士就出現在階梯上，和他們在一起的還有其他人，看起來是那群打手，因為他們手上拿著劍和沾血的手杖，身上還纏著滲血的繃帶，那群修道士則扛著受傷的人。修道士不能打鬥，所以他們必須讓別人代他們開戰，但就連那些打手也一面艱難地爬著樓梯，一面唱著歌。

我屏住氣息，向我背上的肋骨和手中的牙齒祈禱，希望我和賽昆杜斯不會被那些修道士與打手發現！在我身邊的賽昆杜斯用拳頭抵住自己的嘴唇。

那些人唱著歌，一個接一個從我們旁邊經過，沒有人來探看石牛的背後……

他們走了。

我如釋重負地吐出了一口氣。

賽昆杜斯也吐出一口氣，然後站直身子，小聲地說：「快點。」接著我們就沿著小徑開始走，遠離那些修道士，遠離那座城鎮。我們走得很快，我緊握著寶物的拳頭沒有放鬆過。

最後賽昆杜斯終於停下了腳步，對我說：「讓我看看。」

我張開手，那是一樣又黃又舊的聖遺物，但外型明顯看得出是顆牙齒。

賽昆杜斯把一塊陽光色調的絲綢布片交給我，說：「把它收進包裹裡，小心一點。」

我用閃耀著輝煌色澤的布片將聖遺物包起來，然後用力解開包裹的開口，賽昆杜斯在一旁看著，沒有出手幫忙。最後我終於將牙齒放進了包裹裡。

「很好。」他揩揩額頭，然後繼續往前走。

我說：「還好您的修道士朋友沒有看到我們。」當個聰明人的感覺真好。

他皺起眉頭問道：「你在說誰？」

「就是六個月前告訴您教堂攻擊計畫的那位修道士……」他不記得了嗎？

賽昆杜斯大笑一聲，「啊，他啊，那個修道士已經壽終正寢了。快點走吧。」

我們繼續踏上旅程。霧氣在我們四周盤繞不散，還下起了毛毛細雨，我的山羊皮衣因為吸了水而變得沉重。最後我們走到一條路上，找到一間農舍，這間農舍裡最近還養過綿羊，但我不介意。賽昆杜斯將羊糞等髒東西踢開，然後將自己的斗篷鋪在地上，「過來這裡，男孩。」

「謝謝，老爺，但是我不需要……」

「給我躺下，」他命令我，「你需要休息。」

我累癱在斗篷上。比起冰冷的泥土，大家都更喜歡羊毛吧。天哪，我累極了。

賽昆杜斯把門關緊，坐在角落裡，然後從一個口袋中拿出一小截蠟燭點燃，用閃耀著光芒的雙眼研讀書中的內容。接著，他又從另一個口袋裡拿出一支羽毛筆，以及一個用軟木塞塞住瓶口的小瓶子。

我瞪大眼睛看著他，「老爺……您還會寫字嗎？」

「你說對了，我既能讀也能寫。」他將羽毛筆浸入墨水瓶中，臉上掛著微笑，將書中的一個字劃掉。他向我揮舞那本書，讓我看上面的字跡：

~~牙齒~~

「現在我已經拿到了牙齒和肋骨，我的線人提供的線索很有用。」

「線人？」

「就是給我情報的人。每個人手上都握有情報，就像那個修道士。我的任務就是收集這些零碎的線索。」他向墨水吹氣。「現在我只需要再找到拇指、脛骨、骨灰、頭骨和墓園。」

「拇指、脛骨、骨灰、頭骨、家園。」我複誦一次。

「不對，男孩，是墓園，不是家園；能帶領我去天堂的墓園。」

10・洗澡

雷聲——一陣輕柔低沉的聲響……

我醒來時，發現一隻公貓坐在我胸口上。那隻橘色虎斑貓兩隻耳朵的邊緣參差不齊，坐姿就像是正在休息的戰士。他說：喵，你是一張很舒服的床。

賽昆杜斯的聲音從農舍的另一頭傳來，「我們是不是應該來打個賭，猜猜每天早上會在你身上出現哪種動物……我的斗篷上全都是毛。」

公貓打了個哈欠，看不出有一絲歉意。忽然間，牠豎起耳朵，全身緊繃，然後如箭一般竄進牆上的洞裡。

接著我也聽到了，叮叮噹……外面傳來一陣喧鬧，有男人用粗啞的嗓音在唱著歌。

「快點，男孩！」賽昆杜斯抓起他的手杖就往外衝，我也像隻兔子一樣迅速跟著他藏進樹籬中。

道路的拐彎處出現了一群騎士和舉著旗幟的侍從，還有一架牛車跟在一群粗壯的漢子後面。喔，他們看起來尊貴無比，身上的盔甲熠熠發光。我記得從前賈克爵士也會穿上一身閃耀盔甲，去參加為期一天的競技活動。

但賽昆杜斯卻咬著嘴唇不斷嘟噥著：「別發現我們。我還不能死，現在還不能死……」他用力抓著手杖，指關節都泛白了。

那些騎士唱著歌，其中一位騎士在他的劍柄上敲打出節奏。賈克爵士以前也有一把像那樣的劍，重到我根本舉不起來……他們輪流傳遞一個壺，大口將壺中的液體灌入嘴裡。他們身上怎麼會帶著這麼居家的東西？

我偷看了賽昆杜斯一眼，他似乎屏住了呼吸。我的心臟在胸膛中狂跳，如果他在害怕，那我就應該加倍害怕。

一位揮舞著火炬的騎士大聲吼叫，說壺已經空了，一名侍從趕緊上前，用牛車上裝載的葡萄酒桶將壺斟滿。那架牛車上載著一層褥墊、一只雕花箱子和一隻蹄子……不對，是一頭山羊。兩頭山羊。兩頭死山羊。

我死命壓抑住自己想要尖叫的衝動。

拿著火炬的騎士在賽昆杜斯和我剛剛逃出來的農舍前停下來；他將火

炬扔進農舍時，他的同伴都大笑著拍手。

他們沒有人特意去檢查農舍裡有沒有人在。

我因為恐懼而全身顫抖，但那些邪惡的騎士卻在鼓掌叫好。

火焰向上吞噬了茅草屋頂，煙霧沖天，這些騎士還在命令侍從多拿點葡萄酒來。

一名騎士的馬轉向了樹籬，這匹栗色公馬鼻子上有道疤，他的耳朵往前豎了起來，哈……我聞到了生物的味道。

我的心跳彷彿停止了。我小聲地說：不，英勇的戰馬，不要理我們，拜託你。

那名騎士皺起了眉頭，眼光追隨著馬的視線。躍動的火焰發出劈哩啪啦的聲響。

在我旁邊的賽昆杜斯緊咬著牙關，緊張地吸著氣。

那匹戰馬張大鼻孔噴出氣息，發出猛獸渴望撲向獵物的聲音：哈！我來跟你戰鬥。

我懇求他：拜託你，雄壯的馬啊，我們無意傷害你，你很快就能參加戰鬥了，還可以享用穀物和啤酒。因為他的騎士看起來是即使讓自己的新娘餓肚子，也會把馬餵得飽飽的人。

那名騎士一邊盯著樹籬裡看，一邊抽出了劍。

農舍的屋頂坍塌了，一陣火星噴發。

是穀物喔，馬！還有啤酒。拜託你看別的地方……

那匹高大的戰馬透過樹籬的葉子對上了我的目光……他甩甩頭，身上的鞍轡發出了叮噹聲。接著他轉過頭去，哈，我還有其他更值得戰鬥的對象。

那名緊繃著臉的騎士終於也收劍回鞘，轉身離去。

戰馬甩了甩他俊美而殘酷的頭，慢慢跑開了，其他騎士也帶著他們身後的侍從隨後離開，裝滿財寶和死屍的牛車滾動著輪子跟著他們離去。

農舍的牆砰地一聲塌下了。

賽昆杜斯擦了擦額頭，說：「在我那個年代，這些野蠻人會像旗子一樣被吊起來。」

我將空氣吸進胸腔裡，「他們是土匪嗎？」

「比那更糟。」

還有什麼可以比土匪更糟？土匪是邪惡的不法之徒，他們會伏擊無辜的旅人，搶奪他們身上的財物，有時候甚至會奪去他們的性命。「他們是……野狼嗎？」

他輕蔑地哼了一聲：「差不多吧。他們是英格蘭的士兵……至少以前是士兵。英格蘭國王把他們派來法國作戰，但現在不再支付他們薪餉，而且也不打算帶他們回國。」他小心翼翼地鑽出樹籬，踏上已經變成一灘爛泥的道路上。

一想到假如我們沒有離開農舍，會有什麼可怕的遭遇，我就忍不住發抖。我請求您，聖彼得，請保護我不受英格蘭人的傷害，也請您保護莊園……

賽昆杜斯把他長袍上的葉子拍掉，他的長袍……

「老爺，您的斗篷！」我轉向那堆還在燃燒的農舍殘骸，他鋪在地上的斗篷已經……

他一邊邁出步子，一邊說：「別管那個，已經化成灰了，搞不好到地獄去了。」他嘲諷地笑著。

「老爺？」我不喜歡談論地獄。

「這是我常講的笑話，別介意。那件斗篷會在那裡等著迎接那群士兵……啊，十字路口。」他抽出他的書，一邊閱讀一邊用手指輕敲著書頁。

太陽向上爬升，天氣變得溫暖了起來，我的恐懼也隨著時間經過逐漸消散。我們常常回頭看，或是側耳傾聽，不過都沒有發現英格蘭騎士的蹤跡。賽昆杜斯咕噥著：「一群野蠻人。」我為那些會遇到英格蘭士兵的人祈禱。

我們來到一個十字路口，這裡有一個精雕細琢的十字架標示。賽昆杜斯又開始查閱他的書，他向前翻閱……然後盯著我瞧。「現在我身邊有個男孩，這個男孩會爬高，也會侍奉主人……你會吧？」

「是的，我會。我以前曾為賈克爵士倒葡萄酒、搬洗臉盆，還有拿他的大淺盤……」

「你那身衣服穿多久了？」

「別人給我以後就一直穿著。」絕對不能讓別人知道，而我也從來沒有讓別人知道過。我這件短外衣已經至少一年沒有離身了。

「你聞起來就像隻山羊。」他嗅嗅自己的腋窩，然後做了個鬼臉，「我們倆都該洗個澡了。」

我們走了一整天，途中經過一片荒蕪了兩年的麥田，生氣蓬勃的小樹苗從枯死的麥稈之間紛紛竄出頭來，這片農田將會再次化為森林。我們也走過好幾個空蕩蕩的村莊，原本的村民不是搬到城鎮裡就是上了天堂。儘管這些村落空無一人，但至少沒有被英格蘭人燒毀。

最後我們來到一個小鎮，這個忙碌的小鎮只有寥寥幾間空屋。賽昆杜斯找到一間燒著爐火的小旅店，把我留在那裡，我立刻就在狗群中睡著了。

過了一段時間，賽昆杜斯輕輕將我戳醒，「男孩，我給你準備了點東西。」

喔，他看起來煥然一新，臉刮得光亮，長袍用刷子刷乾淨了，聞起來也沒有汗味或酸腐味，反倒有一股薰衣草的香味。

他帶我到一個房間，裡面有一個盛滿灰色水的澡盆，「那是澡盆，泡到裡面去。」

「但這樣我會弄濕。」

他微笑著說：「就是要弄濕啊。卸下我的包裹，脫掉你的衣服，然後用肥皂好好把自己搓洗一番。」他指向一塊灰白色的東西。「尤其是你的頭髮。然後把那些衣服穿上。」他朝一疊乾淨的衣服點頭示意，「別再穿那件山羊皮衣了，聽懂了嗎？」

「聽懂了，老爺。」用肥皂洗頭？有誰聽過這種事？

他吹著口哨離開了，我想我的主人心情很愉快。

我瞪著澡盆。我是看過其他人洗澡，但自己沒洗過。絕對不能讓別人知道，我從來沒有把身上的衣服脫下來過。

可是我必須聽從命令。我用一段樹幹抵住門，以防有人闖進來，然後一邊念著禱詞，一邊卸下包裹。接著，我脫掉身上臭烘烘但暖呼呼的山羊皮衣，並用力扯下我的靴子和褲子，最後才害羞地脫掉短上衣，但我頭上還是戴著兜帽。

我極其小心地測了一下水溫，這對賽昆杜斯來說一定很燙，但對我來說剛好夠暖。我緩緩進入澡盆，看著灰色的水顏色漸漸變深……也許我是有點髒。我往後靠，心裡感到十分驚奇，因為我從來沒有坐在這麼深的水裡過。接著我開始擦洗身體，手指、腳趾、腳趾間、腋窩、手肘和膝蓋……，我甚至還用一根小樹枝刮掉指縫裡的汙垢。最後，我十分不情願地脫掉了我的兜帽，將水從頭上倒下，就像夫人從前為賈克爵士做的那樣，結果差點就嗆死了。

我遵從主人的命令，用肥皂搓洗自己的身體，而且還洗了兩次，因為第一次洗時肥皂沒有起泡。我洗了耳朵和脖子，但是沒有洗我的駝背，因為我絕對不能碰它。小心確認過沒人能看見我以後，我像隻狗一樣爬出了澡盆，在這間充滿雞臭味的房間裡把自己擦乾，然後迅速轉向那疊衣服。

喔，我一眼就看到那件短上衣！那是一件藍色的短上衣，由於已經穿舊了，所以非常柔軟，尺寸也夠大，能蓋住我的駝背，就算我再長大一些也還能穿。那個包裹放在藍色的布料上看起來很合襯。「您看到了嗎，聖彼得？」我問道，「您看到我變得多麼體面了嗎？」乾淨的褲子則是堅果般的棕色，和上衣一樣已經穿舊了，所以十分柔軟。

一陣腳步聲傳來。賽昆杜斯喊道：「你洗乾淨了嗎？」

「是的，老爺。老爺，謝謝您給我這些衣服……」

「你對這門做了什麼？」

我趕緊衝上前去移開樹幹。

「讓我看看……你的頭髮一直都是那個樣子嗎？」

我不禁羞紅了臉，公牛的嘲弄縈繞在耳邊，我伸手去拿兜帽。他以前老是叫我「公主」。

「不，沒關係，看起來很好啊。」賽昆杜斯微笑著說。他的雙眼閃耀，雙頰潮紅。

吃晚餐的時候，他問了其他用餐的人許多問題，而且二話不說就請他們喝葡萄酒，然後將他們說的話都記錄在他的書裡。那些人看到我的髮都咧著嘴笑，但是他們沒有叫我「公主」或是「怪物」，這讓我滿心感激。一位留著長髮辮的女孩重新為他們斟滿了杯子，並看了看坐在狗群裡的我。我緊繃著臉，當她將手伸向我的頭髮時，我變得更為緊繃。我對她說：「請不要碰我的……」

但是她想碰的是我的袖子，不是我的鬈髮。她低聲說：「這是我哥哥的衣服，還有褲子，這些都是他生前穿的。」

天哪。「節哀順變。」我只能說出這些話。我複誦佩特魯神父教我說的話：「我們都不免會失去摯愛的人，這是生命的法則。」

她點點頭，遙望遠方，「但是我們不會失去對他們的回憶，對吧？他的衣服現在也找到一個好歸宿了……你要喝點葡萄酒嗎？還是要吃點麵包？」

我搖搖頭，因為我不喜歡麵包。我對她的好意表達感謝，然後緊緊依偎著狗兒躺下，因為狗兒都很喜歡我，而且他們大概也想要觸碰他們失去的男孩曾經穿過的短上衣。

接著，我一定得告訴你們賽昆杜斯和我在晚飯後去了哪兒，我們去了客房！這間客房裡有一張床、枕頭，還有算是滿乾淨的被單。

我目不轉睛的驚訝模樣讓賽昆杜斯大笑了起來，「你以前沒見過床嗎？」

「我從來沒有在床上睡過。」

「是嗎？那就去睡吧，這是你努力的回報。」

我沒有脫掉衣服就爬上了床，因為我絕對不能讓別人知道。那位男孩有沒有在這張床上睡過？我在祈禱時為他多加了一段禱詞，並且發誓會好好珍惜他的短上衣和褲子。今天一整天發生了好多事：可怕的英格蘭騎士、我們的徒步旅行、洗澡、我的新衣服……

賽昆杜斯在地板上躺下。

我猛然坐起身來，我真是太無禮了！「老爺，讓我睡地板吧，您應該睡床……」

「不用了，男孩，我覺得地板涼涼的比較舒服，我說真的。」他咳了幾聲，然後舒展四肢。我想像他的眼睛在黑暗中閃爍……

他閃亮的眼睛、紅紅的雙頰，還有咳嗽。

我倒抽了一口氣；我怎麼會沒有發現？賽昆杜斯在發燒。

我的主人病得很嚴重。

11・「淚濕面紗」的故事

我夢到公牛在嘲笑我的鬈髮，他說我長得就像個女孩子。我在黑暗中驚醒，大口喘著氣，用兩隻手壓住鬈髮，然後不斷重複告訴自己：我要前往羅馬，去變成普通的男孩，直到再度入眠。

翌日早晨啟程時，賽昆杜斯叫我把兜帽和山羊皮衣留下，因為很臭，所以我只好一邊走一邊壓住我的鬈髮，暗自希望太陽不要在我的頭髮上灑下如此明亮的日光。

他露齒而笑，說道：「不需要為此煩惱，男孩，那頭鬈髮可是你寶貴的資產哪。」

我不知道「資產」是什麼意思，我擔心他是在羞辱我。在陽光下我能清楚看到他因發燒而潮紅的雙頰，以及他兩眼中不健康的光澤，但我什麼也沒說。我一路緊追著他的步伐，遇到十字路口就等待他查閱那本書，他向人問路時則躲在他身後，因為我不喜歡讓其他人看到我。

左彎右拐的山路不斷爬升；抵達山頂的那一刻，色調濃淡不一的綠色山丘豁然出現在眼前，天空中飄浮著絨毛般的雲朵。一間有著美麗尖頂和圍牆的教堂矗立在遠處的山峰上，另一座山丘上則聳立著一座在陽光中閃耀的城堡。

賽昆杜斯露出微笑，啪地一聲闔上他的書。「我的下一個……目標。」

「拇指……」能把注意力轉移到生病和頭髮以外的事上真好。

「該死，你不會記得我講過的每個字吧？沒錯，拇指，但要拿到手可不容易。」他一面走向那座山丘，一面講故事，不只是對我，也是對他自己。

故事的背景位於一個遙遠的地方，那裡有一座城堡以及一間有圍牆的教堂，大家都將那座城堡稱作「黃金之城」，因為城堡上的黃色石頭總是閃耀著美麗的光芒。數十年前，一位高貴的女士住在黃金之城，但她內心懷抱著深沉的哀傷，因為她無法生育。她千里迢迢前往西班牙、坎特伯里、羅馬等地朝聖，但是她的祈禱都沒有獲得回應；最終她回到家裡，在鄰近的女修道院中尋求慰藉。她祈禱時哭得悲痛欲絕，連面紗都讓淚水浸透了，結果在一年內，她就生下了一個男孩。

這位女士求子的奇蹟很快就傳開了，許多來自各個城鎮的女性都來到這間女修道院祈禱，而她們的祈願也都一一實現了。住在黃金之城裡的女士將那條被淚水浸濕的面紗和自己擁有的一半土地，都送給了那間女修道院，其他心懷感恩的母親也紛紛送禮給女修道院，於是這間修道院逐漸變成一間大教堂。每年修女都會用葡萄酒清洗那條「淚濕面紗」，然後將那些受到祝福的葡萄酒裝在小玻璃瓶裡販賣。直到現在，還是有許多地方的女性會來這裡朝聖，甚至有些男性也會來。

這個故事很棒，大家都喜歡聽小寶寶的故事，但是故事還沒結束。故事後半部的主角換成了那位女士的兒子，也就是黃金之城的兒子。這位高貴的老爺理應感謝母親，為了生下他而努力不懈地虔誠祈禱，但他反而感到十分不滿，因為他的母親將大片土地送給了女修道院，而他認為那些土地原本都應該是他的財產。他的兒子、孫子和曾孫也都這麼認為，因此這一代黃金之城的老爺現在正在巴黎提出訴訟，想將這些土地要回來。

那位老爺將妻子單獨留在家裡，而這就是悲劇的開始。他們結婚了十年，十年來這位妻子都沒有生下孩子。妻子祈求修女讓她向「淚濕面紗」祈禱，但是修女卻不允許，她們甚至連一瓶洗過面紗的葡萄酒都不給她，除非黃金之城的老爺停止訴訟。

我大喊：「但這太不公平了，那位可憐的妻子和她丈夫的惡行完全沒有關係啊！」

賽昆杜斯也同意我的話。城主的妻子來自一個高尚的貴族家庭，事實上，她的祖先曾參加第一次十字軍東征，協助奪取了耶路撒冷。教宗出於感激，將最神聖的遺物送給了他——一把用聖彼得的拇指做成劍柄的劍。這位祖先每次參戰都會使用這把劍，用他的拳頭緊握住聖彼得；也多虧了聖彼得的護佑，他每戰必勝。他的子孫同樣在戰場上揮舞這把劍，直到劍刃完全磨損為止，不過包著貴重聖人拇指骨的劍柄，依然是這個家族最珍視的寶物，同時也是城主妻子帶過來的嫁妝。

我們現在離女修道院已經很近了，我可以從正在萌芽的橡樹之間看到它的尖頂。我問賽昆杜斯：「您的意思是，那位沒法懷上孩子的城主妻子擁有聖彼得的拇指嗎？」這就像是在追蹤一面蜘蛛網上所有的線。「您不覺得我們應該幫助她嗎？」我靈光一閃，「我們可以把面紗拿去給她！」

賽昆杜斯露出微笑，「這個辦法真聰明，真希望是我先想出來的。」

「她一定會很高興，然後把拇指給我們。可是……」我的興奮之情蒙上一層陰影，「那些修女怎麼會願意把面紗給我們？」

「啊，有間旅店。」賽昆杜斯大喊，「我們還是先補充精力吧，今晚會很漫長呢。」他沒有回答我的問題。

這間旅店擠滿了旅人，他們一邊吃飯一邊像烏鴉一樣吱吱嘎嘎地聊著小道消息，其中幾個人問我們有沒有遇到危險。

賽昆杜斯一面倒葡萄酒一面問道：「什麼危險？」

他們說，就在不到二十里格[4]遠的地方，有土匪攻擊了一群朝聖者。一位商販說：「真是可怕，真是可怕呀！」

「真可怕。」賽昆杜斯隨聲附和，然後切了一片烤肉來吃。

一位男士探身進旅店，他身上穿著精緻服飾，皮帶上掛著帶鎖的郵

4．約一百二十一公里。

包，渾身散發出重要人物的氣息，看起來應該是一位信使，某位貴族大人的信使。「他們說那些土匪邪惡到聞起來都有硫磺味。」

賽昆杜斯的身子縮了一下，然後用力戳起烤肉，又吃了起來。「這樣啊，你還有什麼其他消息？」

我沒聽過「硫磺」這個詞，但我知道賽昆杜斯害怕的其他味道，像是腐爛的蕪菁、狗放的屁……

我放輕腳步走向那位信使，他正用刀柄末端敲開堅果。我小聲地說：「不好意思，我只是……我想請問一下，土匪聞起來像屁的味道嗎？」

怎麼說呢，就算我把蛇丟進雞舍裡，也不會引起這麼大的騷動。那位信使放聲大笑，抓住我的手臂重講了一次我的問題，我連想躲起來都沒辦法。當每個人都用好笑的眼神掃視我，不停重複著：「他們聞起來像屁的味道嗎？」我的臉頰燙得感覺就像要燒起來一樣。真正滑稽的笑話不會讓人聽過就忘，而會屢次不斷被人提起。

但是賽昆杜斯沒有笑，他把烤肉塞進嘴裡，然後大口喝光他的葡萄酒，「走吧，男孩。」他對我下達命令的聲音穿透了眾人的笑聲。「我們還有任務要完成呢。」我們很快就離開了那間旅店，匆匆忙忙地踏上旅程，一路無言。

我好不容易才鼓起勇氣問道：「老爺，什麼是『硫磺味』？」

「是地獄散發出來的臭味。」他回答我，並沒有因此停下腳步。

聽起來很有道理，因為屁和蕪菁聞起來都不像地獄的味道。但是……喔！「那些土匪是從地獄來的嗎？」

他嘲諷地大笑一聲，「不是。人類光靠自己就能做出很邪惡的事……別再想硫磺的事了，男孩，我們眼下有更大的問題要解決。」

接著，我們便進入了女修道院。

12・偷竊

喔，這間女修道院真是宏偉，不但有教堂（當然啦！），還有醫療所、釀酒廠、讓朝聖者住宿的旅舍、專供出身高貴的女士住宿的高級旅舍，甚至還有在販賣面紗形狀鉛製徽章的商販。

我們穿越教堂，來到用鐵柱圍住的禮拜堂前，一位眼神如同老鷹般銳利的修女守護著這間禮拜堂。禮拜堂內聳立著一座三人高的祭壇，朝聖者都跪在地上，手裡緊抓著他們買的玻璃瓶，眼睛凝視著祭壇頂部架上的一個水晶櫃，透過水晶櫃勉強可以看到一塊泛黃的亞麻布。

賽昆杜斯也跪了下來，但他的雙眼卻盯著修女。

我跟著他跪下，觀望著，等待著。擺放「淚濕面紗」的地方也太高了！我的膝蓋開始痛了起來。我低聲問道：「我們要問那位修女能不能把面紗給我們嗎？」她看起來不太和善。

「噓。」賽昆杜斯向那位修女輕輕點頭致意，然後把我帶到教堂裡最陰暗的區域。這裡實在太暗了，讓我覺得很害怕。他把手伸進長袍衣領內，拉出一把鑰匙——一把繫著繩子的生鏽小鑰匙，那把鑰匙傳來腐爛蕪菁、壞掉的雞蛋等難聞至極的臭味。我茅塞頓開，就是因為那把鑰匙，賽昆杜斯身上才會總是有股酸臭味——都是因為那把鑰匙和那本書。

他環顧四周，確認沒有人注意到我們。他打開一扇門的鎖，然後點頭示意我走進那個小房間。

我一走進去就驚恐地往後退，牆壁兩旁全都是石棺！

但賽昆杜斯卻毫不在意地鎖上了我們身後的門。「別害怕，這些傢伙不會介意有我們兩個來作伴的。」他拿出一截燒到一半的蠟燭，就著燭光坐在角落裡。

「但是老爺，這不是……」我恍然大悟，「您要去偷那條『淚濕面紗』！」

「不，男孩，是我們要一起去偷那條『淚濕面紗』。」

「我又不是小偷！」

「你當然不是，但你難道不想幫助黃金之城城主的妻子嗎？」

「我想啊，可是……」

「那些修女不會幫助她，她丈夫也不會。」

「可是……」我思索著，「我們不可能偷得到啊，那條面紗被鎖在鐵欄杆後面。」

賽昆杜斯露齒而笑，拿起那把散發惡臭的鑰匙，「好好看著，男孩，這是地獄之鑰，這世上沒有地獄之鑰開不了的鎖。」

「什麼？您怎麼……」我在腦海裡翻找適合的詞彙，「他知道這把鑰匙在您手上嗎？」

「你是說撒旦嗎？」他輕蔑地哼了一聲。「他很怠惰，才懶得管這些事呢。坐吧，男孩，讓我來告訴你一個故事，這是我從別人那裡聽來的傳說，那個人以前當過教宗。」

「您認識教宗？」

「我認識好幾個。他告訴我……有必要這麼驚訝嗎？」

「您認識教宗？」

「可以請你先閉上嘴嗎？那個教宗告訴我一則傳說，是一則關於聖彼得的傳說。你也知道，彼得握有天國之鑰，並且站在天國之門前。」

「他長著鬈曲的鬍鬚，佩特魯神父說的。」

「喔，對啊。那個教宗說，如果有人能將彼得所有的聖遺物都帶到他在羅馬的墓園——如果有人能將他身上的遺物都收集在一起——，聖彼得就會開啟天國之門。所以我就開始努力研究一切和他的聖遺物相關的事，想辦法找出這些聖遺物在哪裡，還有該怎麼……拿到它們：肋骨、牙齒、拇指、脛骨、骨灰、頭骨、墓園。如果只是守衛，你也知道，只要賄賂或哄騙一下就能解決，但是鎖……要開鎖就只能用鑰匙。」

「地獄之鑰。」這個詞讓我顫抖不已。

「沒錯。我必須上天堂，男孩。」他開始咳嗽，而且咳了好一陣子都停不下來。他喘著氣說：「你也知道，我沒剩多少時間了，我的身體……不太好。」

他沒有再多說什麼，我也沒有。接下來幾個小時我們就坐在淌著蠟淚的蠟燭旁，而我不斷思考著什麼是罪惡。沒錯，偷竊是邪惡的行為，但是賽昆杜斯只是想要上天堂，那算是好事……吧？幫助一位女士生下寶寶是邪惡的事嗎？佩特魯神父一定會說不是。

怪物希望成為一個正常的男孩，算是邪惡的事嗎？

我們頭頂上方的遠處響起了曙光讚[5]的鐘聲，代表新的一天已經到來。

賽昆杜斯伸伸懶腰，「準備好了嗎，男孩？」他盯著我問道。「怎麼樣？」

我點頭了，微微點了一下。我要為他偷竊。我要做一件有時算是邪惡的事，因為我必須幫助我的主人，我必須幫助沒有孩子的城主妻子。最重要的是，我必須前往羅馬。

教堂現在一片黑暗，只有祭壇上照耀著「淚濕面紗」的蠟燭還亮著。我們慢慢接近祭壇，我的心臟大力敲擊著胸口……

忽然間，賽昆杜斯僵住了。

一位修女跪在上了鎖的欄杆後，是那位負責守護祭壇的修女。

我們該怎麼辦？我們沒辦法繞過她。

一陣噪音傳入我們耳裡，粗重的呼吸聲；那位修女正在打呼。

賽昆杜斯的嘴唇抽動了一下，他看看我，然後又看了看頂端的面紗。

我趕緊搖頭，但他已經打開了鐵欄杆的鎖。

天哪，我真的不想這麼做，但是我必須變成普通的男孩。

我躡手躡腳地繞過那位修女，然後用手指和靴子爬上那座有三人高的祭壇。千萬別倒下啊，祭壇，我默默祈禱著，也別發出聲音。

我不斷往上爬，途中在光滑的大理石上打滑了一下……但只是稍微滑了一下，沒有掉下去。那位修女也還在繼續打呼。

你現在的行為是有罪的，我責罵自己；但同時另一個念頭也溜進了我腦袋裡，一個邪惡的念頭：其實這也滿好玩的。

我把手伸向保存泛黃聖遺物的水晶櫃底下的架子。別把這當作好玩的事，男孩，我斥責自己，這可是很嚴重的事，性命交關。

我往下瞥了一眼，賽昆杜斯站在那兒看著我。

我伸出手打開水晶櫃，然後抽出面紗；感謝聖彼得。

我將櫃子門上，把面紗塞進我的短上衣裡，然後開始往下爬。

突然間，一個微弱的喀噠聲傳來。

5．破曉時分進行的祈禱儀式，實際時間會隨季節而變。

櫃子打開了。

修女的鼾聲止住了。

我僵住了，求求妳別醒來，修女。

修女咕噥了幾聲，然後抓抓自己的臉，「哎呀……」

我仔細看了看四周，立即恐慌了起來，賽昆杜斯不見了！

「你打瞌睡了。」她喃喃自語，「要是她們發現你又睡著了，該怎麼辦？」她擺弄了一下自己的長袍，把袖子扯直，然後望向上方。

我緊抓著祭壇一半高度的地方，眼睛睜得和兔子一樣大。

年邁的修女瞇起眼睛，「哎呀，那是什麼？」

我一塊肌肉都不敢動，但是老天，燭光也太亮了。

年邁的修女拖著笨重的腳步，嘴裡低聲說道：「不。」她用那雙充滿黏液而渾濁的眼睛上下打量著我全身——我的藍色短上衣、我的臉、我的頭髮。

我心想：糟了，努力讓自己不要眨動眼睛。

「不可能……我必須告訴其他人。」她胡亂攥著自己的長袍，一面盯著我，一面拖著腳步往外走。然後，她看了我最後一眼，「姊妹們！」她大喊，顫抖的聲音響徹教堂，「姊妹們，我看到天使了！」

13・第三樣：拇指

還沒等那位老修女踩著嘎吱作響的地板走到後方，我們早就已經出了教堂的前門。賽昆杜斯知道女修道院食品貯藏室後面的圍牆上有一道門。喔，我當時對那把可以打開任何鎖的鑰匙實在是感激不已！接著我們就逃走了，圓潤的滿月替我們照亮了道路。沒錯，我害怕土匪，還有野狼，也很害怕黑暗，但是此時此刻，我最害怕的是修女。萬一我們被她們抓到怎麼辦？萬一她們發現「淚濕面紗」就小心翼翼地藏在我的短上衣裡，該怎麼辦？

教堂的鐘聲很快就響了起來，這次是警鐘，和提醒大家祈禱或是慶祝的鐘聲不同。鐘聲的鳴響讓我再度加快腳步，我耳中迴盪著自己上氣不接下氣的喘息聲。

賽昆杜斯突然把頭歪向一邊，有蹄聲接近！我們急忙跳進溝渠，在草叢間看見一個人騎著馬奔馳而過——是女修道院的人。

我的心因為恐懼而緊緊揪著，賽昆杜斯卻笑了出來，「他是要騎馬去黃金之城，男孩。城主的妻子很快就會知道面紗被偷走了。」

「那就糟了，老爺！」

他反而咧嘴而笑：「太完美了，等我們到黃金之城，她一定已經準備好要拿來交易的東西了。」

我們沒有再遇到其他騎馬的人，但只要聽見夜行性動物的叫聲，甚至是鳥鳴，我都會嚇得跳起來，並且一再檢查那條面紗是不是還好好地藏在我的短上衣及皮帶下面。

天色逐漸亮了起來，黃金之城拔地而起，出現在我們面前，在粉色的曙光中閃耀著光芒。這座城真是美麗，就像是故事裡才會出現的那種城堡。

「做好你的工作，男孩，該跪下的時候記得跪下。」他擦拭了一下額頭，「接下來這段時間會決定我的命運。」

一群像椋鳥一樣吵鬧的人擠在城堡中庭裡，嘰嘰喳喳地討論著面紗遭竊的事。賽昆杜斯在人群裡漫步，兩隻耳朵不放過任何消息。

兩個男孩看著我竊笑，我討厭的頭髮……至少他們沒有注意到我藏在聖彼得包裹下的駝背，感謝聖彼得。

「過來，男孩。」賽昆杜斯對我大喊，他身邊站著一位衣著正式的尖臉管家，正生氣地瞪著我看。管家帶我們進入城堡，走上階梯，然後踏上黯淡的走廊。

賽昆杜斯挺起了胸膛。

我們進到一個房間，一個非常華美的房間！我親愛的夫人在天堂裡的房間一定和這個房間一樣漂亮：地板上鋪設大理石，窗戶用玻璃覆蓋，即使在白天也點著蠟燭，而且每面牆上都掛著畫……

賽昆杜斯在我旁邊跪下，管家也跪了下來，我這才注意到有一位女士在裝飾了黃金的祭壇前祈禱。

我雙膝跪地，睫毛下的雙眼仍然忙著四處亂瞟。後來那位女士——黃金之城城主的妻子——終於結束了祈禱，來到我們面前，她從頭到腳都妝點著黃金：棕色的頭髮上戴著黃金裝飾髮網、禮服上繡著金色的花朵、長長的鞋尖上也點綴著黃金。

我們向她鞠躬——我按照賽昆杜斯教我的方式鞠躬——而尖臉的管家

先生則在城主妻子耳邊悄聲說話。她命令我們起身，我看到她胸前的十字架上鑲嵌了一塊水晶板，裡面有一塊骨頭碎片。她輕聲對我說：「看看那頭髻髮。」

賽昆杜斯露出了笑容，「這個男孩的內心，就像他漂亮純真的外表一樣不會騙人。」

「就算他是個駝子？」尖臉的管家先生反問。

我縮了一下身子，我已經好幾天沒聽到別人這麼叫我了，這讓我覺得好像被人打了一巴掌——被打了一巴掌後還被扔石頭。我必須前往羅馬，去變成普通的男孩。我會跪在聖彼得的墓前，用我的手觸碰墓牆，然後一切就會如我所願。

「閉嘴。」城主的妻子斥責他的管家，然後轉向賽昆杜斯，「那麼，我聽說面紗在你手上？」

賽昆杜斯揚起了眉毛，「夫人，我不知道您在說些什麼。」

「別裝傻了。」她斥罵賽昆杜斯，「你想要什麼？」她指向她的祭壇，上面擺了一隻金色腳掌和一隻金色臂膀，這兩樣無庸置疑都是有骨頭的。泛黃的骨頭在玻璃瓶裡發著光，燭光在裝了油和血的瓶子表面上搖曳不定。

賽昆杜斯仔細檢視那些東西後開口說道：「我想找的是一樣聖遺物，教宗本人的聖遺物——聖彼得的拇指。」

城主的妻子繃緊了身子，「你怎麼會知道這件事？」

他微笑著說：「我聽過很多故事。」

「我的曾曾曾曾曾祖父從前曾將耶路撒冷從異教徒的手中解放出來，那樣聖遺物是賜予他的寶物。」她在列舉「曾」的時候舌頭完全沒有打結。

賽昆杜斯又露出了冰一般的微笑，「我聽說他的戰鬥技術大多用在屠殺毫無招架之力的異教徒嬰兒。」

整個房間瞬間陷入了靜默，城主妻子的嘴唇和雙頰都變得煞白，「大膽的無禮之徒！」

賽昆杜斯微笑著說：「那麼，拇指呢？」

管家探身向前，說：「先讓我們看——讓我的夫人看——那條面紗。」

但賽昆杜斯保持微笑，不為所動。

城主的妻子面露怒色，用指甲敲著她的戒指，最後終於轉向管家，命令他：「去拿。」

管家抓住她的手臂。「夫人，您是一位婦人，婦人有時心志較為軟弱，您瞭解那個劍柄的無上價值嗎？至少……」

城主的妻子甩開他的手。「你是我的僕人，而那個劍柄是我的嫁妝。立刻把劍柄拿過來，而且跟我說話的時候放尊重一點。」

管家對她欠身低頭，但緊抿著嘴唇。他慢慢從祭壇下方拿出一個盒子，然後又緩慢地打開了鎖。盒子裡裝著一把破損的劍的握柄，柄上還黏著一些皮革碎片。

賽昆杜斯伸手去拿劍柄……然後又猛地縮回手。他微笑著向我點頭示意。

我跪在城主妻子的面前，用賽昆杜斯先前教我的姿勢跪下，然後從我的短上衣下面抽出那條「淚濕面紗」。我盡可能以恭敬的姿態獻上那條面紗。

「櫃子呢？」管家質問我們，「那個水晶櫃呢？」

賽昆杜斯詢問城主的妻子：「您想要的是櫃子，還是孩子？」

管家脹紅了臉，「但是……夫人，我們怎麼知道這塊破布是不是真的『淚濕面紗』？」

「這當然是『淚濕面紗』啊，你這個石頭腦袋。」她舉起那條面紗，「我會懷上孩子的！就在今年！」

賽昆杜斯小聲地對我說：「拿走拇指，男孩。」

我向劍柄伸出手時，管家一直怒瞪著我。那個劍柄沉重到我忍不住發出呻吟聲，揮舞過這把劍的人一定都非常強壯。我忍不住想像一名騎士在聖彼得拇指的保護下，勇猛掃蕩戰場的模樣。

「快拿拇指。」賽昆杜斯又說了一次。我終於看到劍柄上有個很小的開口，打開後裡面有個小空間，放了一塊拇指骨。

「夫人……」管家還想再次嘗試說服城主的妻子，他的聲音很強硬……但是她向他掃了一眼以後，他就沒再說下去了。她的心已經完全讓那條面紗給擄獲了。

我將劍柄留在那個精雕細琢的盒子裡，把拇指的骨頭緊握在手中，隨著賽昆杜斯離開了黃金之城。

老天，我們大步登上山丘離開城堡時，那位尖臉的管家還一直在城垛上虎視眈眈地盯著我們看。賽昆杜斯緊握著他的手杖邁步前行，但我注意到了，他的另一隻手一直在顫抖。

我們倉促地趕路，時不時改變行進方向。我盡可能快速地將拇指收進我背上的包裹裡。如果聖彼得發現自己有那麼多身體部位都集齊在一起，一定會很高興！

最後賽昆杜斯總算停下了腳步，我們兩個人都氣喘吁吁的。他拿出羽毛筆、墨水和那本散發出濃重酸腐味的書，翻到書中列出的清單，嘴裡喃喃唸著：「肋骨、牙齒、拇指、脛骨、骨灰、頭骨、墓園。」然後用誇張的手勢劃掉了下一個詞：「拇指。」他讓我看畫了線的那一頁：

~~拇指~~

14・染上風寒的小男孩

接下來一整天我們都在趕路，行經長滿雜亂野草的果園、被藤蔓的重量壓沉的小屋，以及逐漸變成森林的麥田。空氣中帶有春天的氣息，而我一直在想我的靴子不知道還能再撐多久；現在這雙靴子上磨穿的洞已經多過皮革所占的面積，我按照上帝的旨意行走在地面上，腳趾縫裡塞滿了祂創造出來的土壤。

有個聲音傳進我耳裡，是持續不斷的微弱鴨叫聲。我仔細觀察四周，但既沒有看到鴨塘，也沒有看到鴨。賽昆杜斯面無表情地繼續往前走，不過他的表情也太僵硬了。

「老爺，您……」這個問題真怪！「是您在裝鴨子叫嗎？」

「我？怎麼可能。」但他忍不住露出微笑。

很快我們就開始輪流模仿各種動物的叫聲——牛、鴿子、豬、山羊、馬、燕子、貓、雲雀、鵝、老鷹。再次輪到我時，我已經想不到還有什麼動物了，所以我動了動嘴巴，沒有發出任何聲音，然後說我模仿的是蝴蝶，講完之後我自己大笑出聲，賽昆杜斯也笑了。

賽昆杜斯用下唇蓋住上唇，然後向鼻孔裡吹氣。

「您在做什麼，老爺？」

「我在模仿一種動物，你猜。」

「抱歉，但那不是動物吧？」

「不對，是動物喔，這是大象。」

「什麼是大象？」

「大象是一種大概有三匹馬那麼大的野獸，有灰色的外皮，而且牠的鼻子長度比你的身高還長。」

這實在是荒謬到讓人笑不出來，所以我沒笑。

「是真的，牠們來自東方，在戰場上很有用，非常有用。」

我試著在心裡描繪一匹巨大的黑馬，長著男孩形狀的鼻子……但我還是想像不出那是什麼生物，所以我說：「卡達布卡布卡杜。」

「那是什麼？」

「那是……」我想了一下，「一種皮戚布許。」

「『皮戚布許』又是什麼東西？」

「那是……那是一種長著蛇頭的水獺，他們會爬到玫瑰上，用歌聲引誘食物上門。」

「這樣啊，那你知道什麼是『推巴巴特』嗎？那是一種巨大的燕子，牠們的腳長得像人類的腳。每次牠們想停在樹枝上時總會摔下來。」

「因為牠們的腳！」

「沒錯。」他嚴肅地答道，「因為牠們的腳。」

我們持續進行著這種無厘頭的對話，直到我笑到肚子痛。

賽昆杜斯看了我一眼，然後說：「你笑起來就像我兒子一樣。」

我的笑聲戛然而止，賽昆杜斯有兒子？「您……您有兒子嗎，老爺？」

「有啊，雖然我盡可能不去想起他的事，那實在太痛苦了。他……不在了，很多年前走了。他媽媽也是，我的妻子。」

賽昆杜斯有妻子？但這也是理所當然的，不是嗎？因為要有兩個人才能生孩子啊。不過有時候還需要有「淚濕面紗」。

「您有妻子嗎？」

「有啊。我的妻子芙拉維亞和我的兒子盧修斯。我好像已經一輩子沒叫過這兩個名字了。」

「喔，老爺……」

「他總是到處跑，我好像從來沒看過他停下來用走的。但是有一天，他染上了風寒，一個小男孩、一場風寒……我們帶他去給醫師看，那是一位非常博學的醫師，不像現在的醫師。但他還是死了。」

這短短一句話，蘊含了深沉的悲傷。

他望向遠方，繼續說：「我們追悼他，為他舉行了葬禮。接著我又為她舉行了葬禮。但是他們沒有到地獄去。」

「請……請您節哀順變。但他們沒有下地獄，真是太好了。」

「是啊，我也這麼覺得。他們並不是罪人。」

「您也不是罪人，老爺。」

「謝謝你這麼說，但是我犯下過許多罪行：我保護強者，沒有保護弱者；我為富人辯護，害正直的窮人無法獲得他們應得的權利。」

「但是您保護了我。在我認識的人裡面，沒有人比我更弱小了。」

然而賽昆杜斯沒有應聲，他的視線落在遙遠的彼方。

我們來到路上一處水窪邊，在這裡決定接下來要走的路。築在蘆葦叢中的鳥巢裡傳來鳥兒用顫音唱的歌，我們頭頂遠方某處則傳來了紅隼的叫聲，但我幾乎沒有去注意這些聲音，因為我的腦袋裡一片混亂。賽昆杜斯居然有兒子！而且他非常思念他的妻子和兒子。失去妻子和兒子是多麼悲傷的事啊……我想起了賈克爵士，可憐的賈克爵士，他也一樣，失去了他的家人。我要為他祈禱，願他找回平靜。

那晚我們在一間空穀倉裡過夜。我的人生還真是有趣，前幾晚我獨占了一張床，隔天晚上待在棺材旁邊，現在又在屋頂掀開的小屋裡過夜。

我如同平常一樣禱告後，又為賈克爵士和賽昆杜斯的家人多加了一段禱詞。賽昆杜斯在研讀他的書，他的朝聖者徽章映照出炊火的火光。

一陣窸窣聲傳來。

賽昆杜斯伸手去拿他的手杖，我則全身緊繃。

這時，四隻鵝從牆上的缺口搖搖擺擺地走了進來，他們經過賽昆杜斯身邊時，用黃色的眼睛瞪著他，還氣勢洶洶地對他鳴叫，然後他們站到我面前，啄著彼此的羽毛。

賽昆杜斯大笑了起來。

那些鵝生氣地對他叫：安靜，安靜。我們大家都覺得你太吵了。接著又對我叫道：我們大家都覺得你應該讓出一點位子。

我除了躺下還能怎麼辦？

兩隻鵝坐到了我胸口上，剩下兩隻坐到了我腿上。我們大家都覺得你太皮包骨了，他們對我抱怨，將頭藏在翅膀下面。

賽昆杜斯說：「我是聽過用鵝毛做的毯子，不過我從來沒聽過用鵝做的毯子。你是怎麼辦到的？」

「我也不知道，他們自己出現的。」

那些鵝命令我：安靜，安靜。我們大家都覺得你打擾到我們睡覺了。

我小聲地說：「晚安，老爺。」

「晚安。你是個不凡的人物，男孩，你爬上了祭壇、侍奉了貴族夫人，現在身上還睡了一群鳥。」

「感謝您的稱讚，老爺。」也感謝您告訴我您兒子的事，老爺。

15・麻煩

黃金之城裡那位可怕的尖臉管家俯視著我，他嘲笑我：「你這個駝子。」他舉起他的手做出保護自己的手勢，我看見他的手是用黃金做的。他低聲說：「我在盯著你。」他把自己堅硬的黃金手指一根根咬掉時，視線完全沒有從我身上移開；他的眼睛也一樣，是用黃金製成的……

我們醒來時，那群鵝已經離開了。夢中管家的形象讓我顫抖不已，我設法用意志力驅使自己躺在地上的身體爬起來。我們離開穀倉的時候，外面吹著凜冽寒風，雲層低沉而灰暗。我沒有聽見鳥鳴，只聽到橡樹枝條上從去年殘存到現在的樹葉，發出像骨頭相互摩擦敲擊的聲音。

今天一定會是充滿麻煩的一天。

我們在途中遇到了一群男人，他們在努力推動一台只載了一塊巨大起士的推車；還有一群女人，她們正想方設法要對付一群固執的鴨子；我們還遇見一位牧羊人，他拖著一隻綿羊要進鎮裡。

今天是市集日，但參加的人很少。今天冷到連乞丐都沒有出來行乞，不過主婦的熱葡萄酒生意倒是很好，還有少數幾位小販簇擁在火堆旁取暖。寒風有如利刃般穿透了我的短上衣，我摩擦著手臂，不禁想念起我的山羊皮衣，雖然它很臭。我暗暗期望聖彼得的包裹能讓我身體的其他部分也變得暖和。

一位聖遺物商販大喊：「專為朝聖者收集的聖遺物！」他指著賽昆杜斯的帽子，「您一定可以在我這裡找到想要的徽章，我保證。」

賽昆杜斯掃視那個男人的桌面。

我很想靠近那個火堆取暖，很想，但是我作為一位稱職的僕人，必須站在一旁等待。

「我有能治癒任何傷口的聖湯瑪斯之血、從國王的私人禮拜堂裡拿到的骨灰、約旦河的河水。」那名商販揮舞著一支帶有金色斑點的羽毛大喊：「還有天使的翅膀！」那隻羽毛筆上沾著暗沉乾涸的血漬。

「你把鍍金的材料都浪費在一根鵝毛上了。」賽昆杜斯一面瀏覽桌上的東西，一面咳嗽。

「我有可以治好咳嗽的聖人遺物，我保證……」

「我沒事。」賽昆杜斯厲聲打斷他，「我只是不習慣吹到冷風而已。」

我的視線掃過一堆徽章、二十幾個聖物箱、來自聖地的棕櫚樹葉，以及玻璃蓋下的骨頭碎片。喔，佩特魯神父看到這些一定會很高興，他教過我所有聖人、聖遺物，還有標誌象徵的相關知識。有個小盒子微微發著光，那是一個只有我半個拳頭大的黃銅盒子。

我靠近盒子仔細觀察，十分渴望把它拿在手裡，因為那個盒子似乎可以驅散寒氣，帶來溫暖。盒蓋上刻劃著一隻豬；真奇怪，我從來不知道有豬的守護聖人。

賽昆杜斯邁開大步，離開那個攤子，「走吧，男孩。」

「是，老爺。」我的視線無法從那個盒子上移開，「那隻豬真好看……」

「什麼豬！」那名聖遺物商販大聲嘲笑我，「那畫的是鑰匙，裡面放的是聖彼得的遺物。」

賽昆杜斯走回桌邊，「你剛才說什麼？」

「幾百年前，邪惡的撒拉遜人[6]攻擊羅馬城，甚至連聖彼得的墓都遭到掠奪。其中一個異教徒偷了一塊聖彼得的腳趾骨，他的家族將腳趾骨保存了下來，認為有一天這塊骨頭能讓他們發大財。一位正要前往聖地朝聖的修道士聽到了這根腳趾骨的事……」

「所以他懇求那家人讓他看看那根腳趾骨，以及讓他親吻它，然後他就將那塊骨頭含在嘴裡帶走了。」賽昆杜斯邊說邊打哈欠。

「什麼？您怎麼會知道這件事？」

「整個歐洲有一半的聖遺物，都有跟這一樣的歷史記錄。如果我能向每個咬下一塊聖人遺骨的修道士收一枚錢幣，我就會變得跟國王一樣富有。」賽昆杜斯伸手想拿那個盒子……但又縮回了手。

那名聖遺物商販噘著嘴說：「您這是褻瀆，先生。」

「走吧，男孩，我對討價還價已經感到很厭煩了。」但是賽昆杜斯並沒有移動。

6．中世紀基督教徒對阿拉伯穆斯林的稱呼。

「只要三枚弗羅林幣，那個盒子就是您的了。」那名聖遺物商販出價。

三枚弗羅林幣？一枚弗羅林幣都能買到一頭綿羊了！光是一個小小的黃銅盒子，他就要賣三枚弗羅林幣？

「那東西要三枚弗羅林幣？」賽昆杜斯揚起一邊眉毛，「我還比較想用那些錢買一頭豬呢。」

「那兩枚弗羅林幣。」

「好吧。」賽昆杜斯將兩枚薄金幣扔給那名商販。

「男孩，拿走。」

我拿起那個盒子，但我得說，很遺憾地，那幅畫看起來實在很像豬，一點都不像是鑰匙。我向那名商販點頭道謝，然後跟在賽昆杜斯後面走，那個盒子溫暖了我的雙手。這樣聖遺物竟然和兩頭綿羊一樣貴！

賽昆杜斯一面避開小販、雞和水坑，一面在人群中迂迴前進。過了不久，我們又回到了大路上，寒風迎面吹來。他怒目瞪視著那個黃銅盒子，命令我：「把那個放進包裹裡。」他抽出他的書，「我怎麼會漏了這個？」

「漏了什麼，老爺？這不是很棒嗎？我們剛剛找到了聖彼得的腳趾。」

他猛地轉向我，雙眼燃燒著熊熊怒火。

「我不需要腳趾！肋骨、牙齒、拇指、脛骨、骨灰、頭骨、墓園。沒有腳趾！『七』才是完美的數字，不是『八』。我到底是哪裡做錯了？」

他繼續往前走，把臉整個埋在他的書裡，所以我又沉浸在自己的思緒中。我一再想起賽昆杜斯將金幣扔給聖遺物商販的情景，我主人的袋子裡有兩枚弗羅林幣，兩枚弗羅林幣！一般人老老實實地辛苦工作一輩子都賺不到這麼多錢。朝聖者身上不應該帶著金幣，這讓我感到很不安。

日暮西沉時，氣溫逐漸回升，東邊的雲散了開來，露出光輝美麗的滿月。我們在途中經過一間廢棄的教堂，教堂的門和大部分的屋頂都不見了，但姑且還能充當過夜休憩的地方，而且這裡的陰暗角落也沒有讓我感到太害怕，因為教堂裡的陰影和外面的陰影是不同的。

「我到底漏掉了什麼？」他叨唸著這句話大約有上千次，最後終於闔上了書，靠著牆坐下。「先別管這個，讓我看看包裹裡有什麼，男孩。」

我稍微費了點力氣才解開綁在胸前的結，然後謹慎無比地將聖遺物一字擺開：

用綴有法國王室百合花飾的黑天鵝絨包起來的一小塊肋骨。

用陽光色調的絲綢包起來的牙齒，是在聖彼得山修道院拿到的。

在黃金之城換來的拇指骨。

泛黃腳趾骨，裝在刻有鑰匙（或是豬）圖樣的黃銅盒子裡的。

「肋骨。」賽昆杜斯唸著。「肋骨、牙齒、拇指、脛骨……那個應該要是脛骨，而不是腳趾。」

我輕聲唸道：「肋骨、牙齒、拇指、脛骨、骨灰、頭骨、家園。」

「你為什麼老是記不起來？不是『家園』，是『墓園』。」他怒氣沖沖地盯著那個盒子。「現在的情況讓我很心煩，把那些都收起來，男孩，這不是好預兆。」

我將腳趾骨放回小黃銅盒子中，把拇指骨和牙齒一起用陽光色調的絲綢包好，然後將四樣聖遺物都放回包裹裡。用來保護肋骨的那塊天鵝絨質地真好，上面還有法國王室的百合花飾。賽昆杜斯到底是怎麼……

我就像被打了一拳一樣突然清醒了過來，知道了真相。

我一時不知所措，只能縮在角落裡思考。

賽昆杜斯的聲音從另一邊飄了過來：「我應該再多問幾個問題的……不對，那個情報來源不可信……或許亞維儂那個貪婪的白痴會知道……」

我應該要安慰賽昆杜斯，告訴他能找到聖彼得的腳趾代表他的追尋任務受到了祝福，告訴他聖彼得希望我們找到那樣聖遺物。

但是我做不到，因為我滿腦子都是他身上帶的弗羅林幣。

我也不斷想到那塊從法國國王的禮拜堂裡拿到的肋骨，以及包在外面那塊綴有國王標誌的天鵝絨。

這世上沒有地獄之鑰開不了的鎖——賽昆杜斯是這麼跟我說的，我也親眼見識過那把鑰匙的能耐了：他用那把鑰匙讓我們藏在女修道院裡、打開了「淚濕面紗」禮拜堂的鎖，還幫助我們逃出女修道院。他在聖彼得之階偷了那隻鞋，用來交換修道院裡收藏的牙齒。

賽昆杜斯是怎麼拿到聖彼得的肋骨的？只有一個可能：他一定是在巴

黎使用地獄之鑰把肋骨偷到手的。

他還偷了那些弗羅林幣。

我的主人究竟是怎麼得到那把鑰匙的？那把散發出濃厚硫磺惡臭的鑰匙。

也許，我的心喃喃低語，也許賽昆杜斯是惡魔。

夠了，我命令自己，不要去想那種事。我緊閉雙眼，用力抱著聖彼得的包裹，並且低聲唸誦所有我知道的禱詞，好驅散那個念頭。

16．天使

公牛在追我，他帶著一群獵犬在追我。

狗兒都喜歡我，我想要說明這件事，但不知道為什麼就是無法說出口，只能驚慌地一直跑，衝過重重灌木叢，而獵犬就循著我的蹤跡在後面狂吠。獵捕，獵捕！他們大喊著。他們的吠叫聲和他們的話語裡都充滿了嗜血的慾望。我們聞到他的味道了！

我命令我自己，醒來，這只是一場夢，快醒來，男孩，醒來……

我醒來後，發現自己身處比夢境更為糟糕的夢魘之中。

月光將我們過夜的教堂廢墟照得亮堂堂的。教堂外，獵犬在瘋狂吠叫，馬兒嘶鳴，還發出了鐵器互相敲擊的叮噹響聲。

我緊抓著聖彼得的包裹跳了起來，我得逃走！但是這座教堂沒有其他出口，牆壁又太高了，爬不上去。

賽昆杜斯緊抓著他的手杖，面對著門口。

我多希望這時候能有一些陰影啊！但是雲層已經完全散開了，月亮也移動了位置，所以原本陰暗的教堂現在亮得像白天一樣。

獵犬衝進了教堂。獵捕，獵捕！他們大喊著。殺戮！獵犬只要一嗅到獵物的味道就會有點發狂。他們撲向我……

那些急於攻擊我的獵犬在我四周吠叫，將我逼進了角落。

「回來。」一個手握鞭子的獵人大步跨進教堂，皮帶上掛著狩獵號角和一把刀子。他霹霹啪啪地甩著鞭子，大喊：「回來！」

那些獵犬一聽到這個聲音便往後退。獵捕！他們大喊，因為按捺著想撲上前的衝動而不停顫動。

第二個進來的人揮舞著一把劍。他往前走，目標是賽昆杜斯，他將劍抵在賽昆杜斯的咽喉上。

賽昆杜斯並沒有退縮，緊握著手杖的手也沒有動搖；他一動也不動。

獵犬興高采烈地跳躍著，我們找到他了，鞭子男！我們循著面紗的氣味找到他了！

我懇求他們：請不要傷害我。

獵犬困惑地看著獵人：他會說話耶，鞭子男，要獵捕嗎？

第三個人走進了教堂，是我認識的人。兩天前我才見過他——是黃金之城裡那位尖臉管家，那個在我的夢裡為了獲得黃金而咬掉自己手指的人。他走向賽昆杜斯，對他說：「你這個聖遺物竊賊。」

賽昆杜斯注視著他，「我並沒有偷你家夫人的聖遺物，那是一筆你情我願的交易。」

鞭子男，鞭子男，我們要做什麼？獵犬大叫著。

管家輕蔑地說：「是沒錯，但那條『淚濕面紗』的確是你偷來的。我還從某個聖遺物交易商那裡知道，你連聖彼得的腳趾都偷到手了。」

喔，這些獵犬真吵，我在這陣喧鬧的叫聲裡根本什麼都聽不到。拜託你們，安靜一點！我懇求他們。

賽昆杜斯皺起了眉頭，「我才沒有偷腳趾，我可是花了兩枚弗羅林幣買下了那根爛骨頭。」

獵犬大喊：這個小傢伙會說話！獵捕？殺戮？

我懇求他們：拜託不要殺我，雖然我知道你們很輕易就能做到，因為你們都是優秀的獵犬。

管家用嘲諷的口氣說：「兩枚弗羅林幣？你我都知道那樣聖遺物價值多少。」他朝賽昆杜斯的袋子點頭示意，聲音裡藏不住貪婪之意：「把腳趾給我。」

他說我們是優秀的獵犬！獵犬對彼此誇耀著，我們很優秀！他說的，他說的！

你們是很優秀，噓……我努力設法聆聽被吠叫聲掩蓋的對話內容。

賽昆杜斯凝視著管家，冷靜地說：「不要。」無視抵在他喉嚨上的那把劍。

獵犬的吠叫聲變輕柔了，我們很優秀，他說的，你們聽到了嗎？你們聽到了嗎？

「這個男孩好像拿著一個包袱。」那個獵人看到了我抱著的包裹，對其他人大喊。「滾開，獵犬！滾開！」他霹靂啪啪地甩著鞭子。

不要弄出那種聲音，鞭子男！獵犬咆哮著，我們討厭那個，那條鞭子！

管家命令我：「把那個給我。」

「不行！」我一邊大喊，一邊往後退。

不行，不行！獵犬也跟著大叫。這個小傢伙嚇壞了！

獵人走向我，「你聽到他說的話了吧。」

我更用力地抓緊了包裹，不能讓他們把聖彼得帶走！

獵犬在四周飛跑吠叫，不行，不行！這個小傢伙不喜歡你！

「你這個小……」獵人伸手過來，抓住了我漂亮的藍色短上衣。

獵捕！獵犬嚎叫著，然後一起撲向他。

獵人往後一縮……

我的短上衣被撕破了。那塊布料雖然強韌，但畢竟已經穿了很久，而且獵人的抓握力道又很強。

短上衣從我的肩膀上滑落。

絕對不能讓別人知道，佩特魯神父曾經一再吩咐我，但現在別人知道了。

出於恐懼和羞恥，我跪了下來。「對不起，神父。」我喃喃低語，將聖彼得的包裹緊抱在胸前，「對不起。」

我把身子縮成一團，低下了頭。夜風刺痛了我的駝背。

一片沉默……在沉默之中，某個東西砰地一聲落到地上，獵人手上的鞭子掉了。「不！」他尖叫著跑走了，每個步伐都在地板上落下重響，一路延續進黑夜裡。

我因為恐懼與寒冷而不斷發抖。獵犬，聽得到我說話嗎？發生了什麼事？

獵犬困惑地跳來跳去，他們驚訝地說：你嚇走了鞭子男。

我不是故意的！天哪，這片靜默讓我好不安。我轉向賽昆杜斯，說：「對不起，老爺，我不應該讓別人知道……」

賽昆杜斯張大了眼睛瞪著我看。

劍士也一副目瞪口呆的樣子，拿著劍的手臂失去了力量；他看著我身後的牆，吞了口口水，「天使。」他喃喃自語。

尖臉的管家同樣盯著我看，他的視線沒有從我的駝背上移開過，臉上滿是貪婪之色。他舔了舔嘴唇，然後抽出他的刀子，朝我踏近了一步。

此時賽昆杜斯趁機從劍士的劍下脫身，只一眨眼的工夫就將手杖揮向那個男人。木頭砸上頭蓋骨時發出了破裂聲，但劍士倒下時眼睛還在盯著我看。

管家轉向賽昆杜斯，手裡握著刀子大叫：「那是我的東西！」

「別傷害我的主人！」我大喊。別傷害他！

別傷害他！獵犬也附和道。他們一躍而上——狗兒都是行動派——一起撲向那名管家：別傷害他的主人！最大隻的獵犬咬了管家一口，他手上的刀掉到了地上。「這些該死的畜牲！」

獵捕！獵犬咆哮著。他們圍住管家，發出低沉的吼叫。

管家轉身就跑，獵犬緊追在後，大聲吠叫著：獵捕，獵捕！獵捕，殺戮！

外面傳來一陣馬蹄在地面上敲擊出的聲響，馬兒逃走了。管家不斷地跑，獵犬則追在他身後吠叫。

月光照亮了教堂，照亮了掉在地上的短上衣碎片，還有我褲子裡骨瘦如柴的腿。

我吞了口口水。

賽昆杜斯緊盯著我，劍士躺在他腳邊，一動也不動。

「主人……」

「不要跟我說話！」他舉起他的手杖，「把包裹綁在上面，現在馬上！」

我照做了，因為除了遵從命令我不知道還能怎麼做。我用顫抖的手指將包裹綁在手杖末端。我將繩子打結時，賽昆杜斯生氣地發出不耐煩的聲音。

最後，包裹總算綁緊了。他一把搶走手杖，然後拿著手杖走向門口。

「我立刻跟上，老爺！」我匆匆套上我的短上衣——原本漂亮的藍色短上衣，現在被撕得破破爛爛的。

「你不准跟過來！」他怒目瞪視著我和我身後的牆。他踏出門口，月光映照出他的輪廓。他離開了，帶著聖彼得的包裹一起走了。

「老爺！」我跌跌撞撞地越過癱在地上不省人事的劍士，茫然地望向四周——

我們剛才過來的時候，東邊的牆還沒有陰影……現在月光照亮了每一吋地方。

那道牆遭受了人為的破壞和時間的磨蝕，但是在祭壇上方，還有一部份牆面的壁畫保留了下來。那幅壁畫畫著一個長著鬈髮和大眼睛的人，他的肩胛間有一個駝背。事實上，是兩個駝背，而且比我的大很多。

那不是駝背。

是翅膀。

雖然那幅畫已經褪色了，但上面畫的毫無疑問是一位天使。

第三章：欺騙、苦難和斷垣殘壁

17．長達千年的謀劃

「不！」我的尖叫聲在教堂裡迴盪著。我急忙套上被撕破的短上衣，這樣多少能遮蓋住我的身體。我需要那個聖彼得的包裹！在到達墓園之前，我需要用那個包裹來保護我。

我的主人一看到我就跑走了，他一看到我的駝背就跑走了。

那個獵人也尖叫著逃走了，那名劍士昏倒了，尖臉的管家則說我是「東西」。「那是我的東西！」他舔著嘴唇說道。

我腦中閃現一個畫面：聖遺物商販拿出的那根天使羽毛。那原本是根鵝毛，只是撒上了鍍金的材料，但是那隻鵝為了那根羽毛流了血。

我緊抓著短上衣破裂的布片衝出教堂，即使靴子因為卡在牛糞裡而被扯掉了，我也毫不在乎。「老爺！」我不斷奔跑，光裸的腳趾緊抓著土地。

「那是我的東西！」管家斷聲說道，月光映照在他的刀鋒上……

現在我終於瞭解了，為什麼絕對不能讓別人知道。如果別人看到我的駝背，我就會和那隻死掉的鵝淪落到相同的下場：我會被千刀萬剮，然後送到全世界每一間基督教教堂的台階上，變成販售給他人的商品，因為有些貪婪的笨蛋認為：我有駝背，所以我是天使。

我絕望地四處張望，尋找賽昆杜斯的蹤影，還得時不時回頭看，以免後有追兵。太陽從地平線上升起了。不要照到我，太陽，我祈禱著，不能讓別人看到我的駝背，我的駝背是……不行，不行，不行！

一隻狐狸叫道：小心，有人來了……

他就在那裡，像平常一樣大步流星地走著，肩膀上扛著綁著包裹的手杖。

我大喊：「賽昆杜斯！」天哪，我總算安心了！

「別過來！」他怒目瞪視著我，然後從我身邊走過。

我快速轉身，但身後什麼都沒有，只有破曉黎明。

賽昆杜斯將手杖換到另一隻手上，然後向空出來的手指吹氣。那根手杖一定很燙，因為聖遺物就綁在末端。「別過來！」他重新邁開步伐。

我跟在他身後，我不知道還能做些什麼。我真的很害怕那位尖臉的管家，也很害怕再被叫做「天使」或「東西」。雖然賽昆杜斯看起來火冒三丈，但他似乎無意把我切塊拿去賣，而且他要前往羅馬，我也必須到那裡去變成一個普通的男孩，沒有什麼比這件事更重要了。

我們在靜默中走了一段距離，太陽在天空中逐漸爬升，他沒有停下腳步，我也沒有。喔，我設法不去想我的駝背以及教堂牆上畫的天使。那名劍士低聲說出了「天使」，因為震驚而被趁隙擊倒在地。那位管家嘶聲說道：「那是我的東西！」就像在數錢幣的守財奴……

突然一陣刺耳的笑聲傳來，是賽昆杜斯，「一個天使，我還真倒楣。」

我大叫抗議：「我才不是天使！我是個男孩……」

他轉向我：「是嗎？那麼告訴我，小男孩，你需要吃飯嗎？」

這個問題對我來說就像一記耳光——因為打擊力道過於猛烈而讓我倒退了幾步。我小聲地說：「不用。」是真的，我不用吃東西，可是我不願意多想這件事。

「但你拿了我的食物，還拿了蜂蜜。」

我的雙頰發燙。「佩特魯神父說，如果有人給你食物就要接受，而且狗兒都很喜歡蜂蜜……」佩特魯神父曾經說：每個人都是不一樣的個體，你總有一天會瞭解的。

「你會排尿嗎？」

我聽不懂這個詞。

「你會尿尿嗎？」

我垂下頭，不會，我假裝會，是佩特魯神父教我的。

「你的兩腿之間有什麼東西？」

如果有人問你，一律回答你是男孩子……我小聲地說：「什麼都沒有，老爺。」我真是噁心。

「你說什麼？我聽不到。」

「什麼都沒有。」那就是我的祕密——我最可怕的祕密。我沒有男孩子應該有的身體部位，什麼部位都沒有。我是個怪物，所以我才必須前往聖彼得之墓。

「啊，對了！」賽昆杜斯咬牙切齒地說，「天使不吃不喝也不尿尿，天使沒有……他們兩腿之間什麼也沒有。」他怒氣沖沖地瞪著我，「你就是個天使，你這個大白痴。」他大步走開，朝他的雙手吹著氣。

我趕緊跟上他。我很想大叫：我不是天使，我只是個想成為普通男孩的怪物。

他生氣地對我說：「我叫你別跟過來，如果有人發現你的真實身分，他們會連我也殺掉。」

「他們不會……」但我想到那名尖臉的管家，他一定會為了得到他想要的「東西」而殺了賽昆杜斯，畢竟為了黃金他連自己的手指都能咬斷……

「我不能死！我還不能死。」賽昆杜斯扯出那把鑰匙——那把散發惡臭的暗沉鑰匙。「你覺得我是怎麼把這個拿到手的？你覺得我為什麼能這麼肯定我的妻子……」他喘了一口氣，「我的妻子和孩子都在天堂裡？我是怎麼知道的？」

我不知道，我也不想知道。

「因為我是從地獄來的！」

我反射性地往後跳，「您是惡魔！我之前就這麼猜過……」

他大笑一聲：「別傻了，你這個愚蠢的白痴。我是一個罪人，我是人類——我曾經是人類。我犯下了罪行，在一千年前死了。我是在一千年前墜入地獄的罪人。」他把指關節壓在嘴唇上，「芙拉維亞。」他低聲喚道，「盧修斯。」他開始咳嗽，咳得很厲害，必須靠著手杖才能站穩。他喃喃自語：「沒有人能毫髮無傷地逃出地獄。」

我們身後忽然傳來一陣騷動，是犬吠聲；有獵犬在接近我們，而且速度很快。

我拔腿就跑，我別無選擇；我像獵物一樣逃竄，因為我就是狩獵目標。

賽昆杜斯也跑了起來，而且跑得比我還快。

獵犬狂吠著，就要追上我們了，是教堂裡那群獵犬。

賽昆杜斯急轉身，將聖彼得的包裹從手杖上甩了下來，然後蹲伏在地上——

我也跟著蹲伏在地上——

獵犬撞成了一團。獵捕，獵捕！他們大喊著。我們找到你了！

賽昆杜斯對他們揮舞手杖，大喊：「走開！」

是那個小傢伙！獵犬笑著在我身邊跳躍，獵捕，獵捕——找到你了！

賽昆杜斯怒目瞪視著身後的小路，「那些人在哪兒？」

你們的主人在哪裡？我問那些獵犬，他們在我身邊轉來轉去，舔著我的手。

鞭子男沒辦法追蹤氣味！他們幸災樂禍地大笑，另一個有一隻爪子在痛。

我絞盡腦汁想弄懂他們的意思，「我想獵人迷失方向了，而管家則是受了傷。」

「什麼？你怎麼知道？」

「他們……」絕對不能讓別人知道。「他們……告訴我的，是這些獵犬告訴我的。」

「牠們告訴你的？」賽昆杜斯看起來相當懷疑我說的話，「你從牠們的吠叫聲聽出來的？」

「不是，我懂他們的意思，就只是這樣而已，他們也能懂我的意思。」不是每個人都能和動物說話嗎？我曾經這麼問過佩特魯神父，但他只是輕輕笑著，拍拍我的鬈髮。

賽昆杜斯瞇起了眼睛，「啊，因為你是天使。」

「我不是天使！我只是剛好懂而已。」

賽昆杜斯仔細打量著我，還有我腳邊那六隻獵犬。那些原本嗜血的獵犬現在都溫馴得像鴿子一樣，我搔他們耳朵的時候還會露出牙齒微笑……

「你和每隻狗都能說話嗎？」

我聳聳肩表示不知道，「狗兒都喜歡我。」我搔著這些獵犬的耳朵，他們幸福又懶洋洋地躺著。

他輕敲著自己的下巴，「你想去羅馬，沒錯吧？」

「是的，老爺！」我必須變成普通的男孩。

我們找到他了，我們找到他了，獵犬對彼此誇耀著。

「有個人……我必須和某個人談判，好拿到脛骨。」

喔，對了，肋骨、牙齒、拇指、脛骨……

「他有隻狗。」賽昆杜斯停下等我回應。

「喔，您……您認為我可以和那隻狗講話嗎？」

「你可以嗎？」

「還沒見到他，我也不知道。」

賽昆杜斯的眼神變得冷酷。

「但我可以試試看。」

他盯著我瞧，又看看那群獵犬……然後突然踏出步伐，讓我猝不及防。他握著手杖邁步向前走，「拿好那些聖遺物。」他指向剛才甩掉的包裹，對我下達命令，「動作快一點，男孩。」

「知道了，老爺。」我不介意他用冷淡的口氣叫我的名字，只要他能帶我去羅馬，什麼都無所謂。我迅速找到聖彼得的包裹，能再次拿著這個包裹真是太好了。

獵犬嗅聞著包裹，問道：你拿著什麼？

是好東西，但不是食物。

賽昆杜斯大喊：「我叫你快一點。」

我快速綁上包裹，這樣不但能藏起我的駝背，也能順便用繩子固定短上衣破裂的布片。

那群獵犬跟在我們身後，高興地尖聲叫著。我必須跟著賽昆杜斯，因為他可能是讓我變成普通男孩的唯一希望，即使他是個小偷，即使……

一隻獵犬說：那個男的聞起來有臭屁的味道。

另一隻獵犬說：他聞起來像壞掉的蛋。

第三隻獵犬叫道：不對，不對，是放太久的蕪菁。

我一邊小跑著，一邊對他們說：你們都錯了，你們聞到的是硫磺味。

硫磺？一隻棕色的大獵犬用頭撞我的手，那是什麼？我搔搔他的耳朵。硫磺味是地獄的味道。我的主人身上的臭味是地獄的味道。

18・下游

大家通常會用「搖晃」這個詞來形容船的晃動，但這個詞用得不對，因為船並不是像搖籃一樣輕輕搖晃，完全不是，船顛簸得就像是女巫在用力甩動嬰兒。我不想坐進船裡，那就像是坐在一塊木頭碎片上渡過深不見底的深淵，但是我們沒有別的辦法，因為這條筆直的河流速太快，無法徒步渡河。

我們整個早上都在翻山越嶺，將那間廢棄教堂和那晚發生的可怕事件遠遠拋在後面。獵犬在我的腳邊跳躍著，因為可以參加冒險而高興不已。他們不停吠叫著：「兔子！」、「獵捕！」還有「我也是！」我聽著他們說話，這樣就不用去想其他的事。

我們在中午找到了這條河流，河面有天空的一半寬。獵犬嗅到一堆樹枝下方有一艘小船，獵捕，獵捕！他們自豪地叫著，有人把這個藏起來了。

「您在做什麼，老爺？」

賽昆杜斯將樹枝丟到一邊，「我在想辦法帶我們到非去不可的地方，男孩。」他將船推進水裡。「坐上去。」

獵犬在四周跳來跳去：獵捕！我們找到的！現在要做什麼？

河流對面矗立著一些建築物，還有一群人在對著我們大喊。

賽昆杜斯命令我：「叫那些獵犬閉嘴，不然我會讓牠們叫不出來。」

他坐進了這艘葡萄酒桶大小的船，波浪大力拍打著船體，彷彿是要將我們拖下死亡深淵的魔掌。

真有趣！獵犬吠道，我們會游泳！然後他們就跳進了河裡。

賽昆杜斯厲聲說道：「坐上來，不要讓我重講一次，還是你想被丟在這裡？」

「那是我的東西！」那名管家之前這麼說……我顫抖著踏進小船裡，船晃得很厲害。我用兩隻手抓住船體兩側，儘量不看河水。

賽昆杜斯把船撐離岸邊，獵犬一邊吠叫，一邊在小船四周游著。「你要帶牠們一起去嗎？」他不可置信地問我。

「我沒有……不是我決定的，是他們自己想要跟來。」

「牠們如果再繼續跟上來，會溺死的。」他開始划船。

天哪，我不希望獵犬溺死，但我也不想失去他們的陪伴，因為如果我孤身一人，腦子就會亂得像被人捅過的馬蜂窩。我哀傷地大喊：獵犬，不要再跟著我們了。他們回答：什麼？不去獵捕了嗎？但是我們很優秀！是你說的！

是啊，我是說過，你們也真的很優秀，可是這趟旅程不安全。我說完這些話後，心也沉了下去。你們應該回去找你們的犬舍、你們的飼養人，還有你們的小狗。

啊……我們的犬舍，我們的小狗。他們一隻接著一隻返回岸上，其中有幾隻沿著河岸跑了一陣，然後才離開，循著他們來時的蹤跡回家。

我大喊：再見，再見了，我的朋友。現在我除了自身的不幸，還有這艘超小的船所帶來的折磨以外，已經沒有其他可想的事了。

接下來一整天我們都漂浮在河面上，經過了懸崖和村落，遇見了載著酒桶和載著綿羊的木筏，還有將馬綁在後面，讓他們跟著游的擺渡船。小船搖晃時，我總覺得我會溺死或是吐出來……雖然我沒有東西可吐，因為我的胃裡根本沒有食物。話說天使有胃嗎？

你才不是天使，我斥責自己。就算你不需要吃東西、有駝背，而且還有跟其他生物談話的天賦……

不管我究竟是什麼，我都必須前往羅馬的聖彼得之墓，我必須變成普通的男孩。

賽昆杜斯揉著他手掌上的疤——就是他被聖彼得的肋骨燙傷的那道疤。他發現我在看他，冷淡地對我說：「過了一千年就會變成這樣。」

「變成怎樣？」我聽不懂他的意思。

「聖遺物——我是說真正的聖遺物——能驅逐惡魔。我似乎在地獄裡待太久了，所以聖遺物也能驅逐我。」他對著那道疤皺起眉頭。

「那……那聖遺物會燙傷其他人嗎？」我一邊問，一邊思考著。「還是只會讓他們覺得暖和？」

賽昆杜斯輕蔑地說：「為什麼這麼問？聖遺物讓你覺得暖和嗎？」

我急忙搖頭，小船又晃了起來。你這個邪惡的傢伙！我責罵自己，說謊是邪惡的行為。聖遺物不會讓人類覺得暖和，只會讓……

我不是天使，我斥責自己，別再說了，我的腦袋，我不會再聽你說的話了。

太陽逐漸移向西邊的地平線。

「快看。」賽昆杜斯猛然抬起他的下巴。

我振作精神，循著他的視線望去。下游架著一道橋，我從來沒見過這麼長的橋，它的跨度大概和射出去的箭矢能夠飛行的距離一樣長，橫跨河流的石拱看起來就像布料上的縫線。橋的旁邊有一座城市，可以看到數十個尖頂。河畔擠滿了船，密密麻麻的船桅看起來就像是長滿筆直樹幹的黑森林，人的喊叫聲如同煙霧一般飄向河面。

「羅馬。」我輕聲說道。「現在我可以變成一個……」

賽昆杜斯嘲諷地笑道：「你以為這裡是羅馬？這座可悲的城市是亞維儂，教宗現在就龜縮在這裡。他逃離羅馬了，你不知道嗎？因為羅馬現在到處都是由兇殘惡棍組成的烏合之眾。我們必須在這裡取回脛骨，也就是第四樣聖遺物……」他的臉色變得陰沉。「或者說是我以為的第四樣聖遺物。看起來我知道的比我所想的還少。」

取回？這個詞讓我渾身不自在。「老爺，我不想偷東西。」

「聖彼得的脛骨理應擺在羅馬的聖彼得之墓裡，所以我們必須把它歸還。」

這種說法聽起來好多了，弄丟的東西就該歸還。

我們的小船漂向船桅森林。賽昆杜斯用船槳駕駛著小船。他警告我：「跟緊點，別被……發現了。」

別被發現……我顫抖了起來。

我們的小船撞上了突堤碼頭。「我遇到過的所有靈魂裡，從這地方來的數都數不清。」賽昆杜斯一邊喃喃說道，一邊跳上岸。

我跟著他進入亞維儂，為了將聖彼得的脛骨歸還。

這是什麼城市啊？真是汙穢不堪。高聳的建築物讓原本就狹窄的街道更顯狹隘，錘擊的聲音直衝天際，宮殿矗立在一堆廢棄的房屋之間。街上擠滿了乞丐、衣著華美的女士以及僕從，他們穿著富有的主人替他們買的衣服。許多人戴著怪異的異國帽子和頭盔，香水味與臭氣互爭高下；從窗戶往外潑撒的尿壺穢物、蠟燭工匠烹煮的獸脂，還有豬隻在狼吞虎嚥的饟酒廠糟粕，都讓街道上的氣味更顯刺鼻難聞。

「快點，男孩，我還得去賄賂一些人呢，尋找那個帶狗的人得花點時間。」

一位穿著紅衣的有錢人大步朝我們走來，一些守衛正在替他開路。那個男人的脖子上掛著一個用骨頭碎片製成的吊墜。

我弓起身子，因為恐懼而全身顫抖。如果那個人覺得我是天使怎麼辦？我會被千刀萬剮！他們會從我的頭顱裡拔掉我的牙齒，然後扯掉我的手指……

「快走啊！」賽昆杜斯循著我的視線望去，「啊。」

那個穿紅衣的人更靠近了，他的守衛幾乎已經走到我們面前。

賽昆杜斯發出不滿的聲音，然後把我拖進一間旅店裡。他向正在刷洗壁爐爐床的旅店老闆娘說：「我要幫這男孩找個房間。」

旅店老闆娘輕蔑地說：「你找遍這整座城鎮也不可能找得到一張空床，全世界的人都跑來這裡看教宗了。」

賽昆杜斯拿出滿滿一把錢幣，那無疑是他偷來的錢幣，不過我也沒有立場提出異議。「我說我需要一個房間。」

「好吧。」旅店老闆娘揩揩她的手，「我是有個閣樓……不過呢，那裡很小。」

「他的個頭也不大。」賽昆杜斯把錢幣弄得叮噹響，「我只需要保障他的安全。」

她的眼睛一邊盯著錢幣，一邊帶我們走上有洋蔥味道的樓梯，其他樓梯聞起來則有貓的氣味。她停在一扇粗糙的門前，從鉤子上取下一個已經生鏽的掛鎖，門後是一個陰暗的閣樓，雜亂地堆著一些壞掉的長椅和一個櫃子。

「這裡有被子，」她向那個櫃子點點頭，「也有尿壺。我會端晚餐過來……」

「不必麻煩了。」賽昆杜斯摸摸那個生鏽的掛鎖。

「很抱歉，這把鎖的鑰匙已經不見了。」

「太好了。給我進去，男孩。」他將錢幣倒進旅店老闆娘的手裡。

老闆娘看了看我——我的鬈髮、包袱和撕裂的短上衣。我迅速躲避，不讓她繼續窺探。

門在我身後關上了。賽昆杜斯大聲對我說：「我需要你的時候會過來接你。」然後掛鎖就喀嗒一聲鎖上了。

「那是什麼？」旅店老闆娘的聲調提高了，「你怎麼會有這把鎖的鑰匙？」

一陣腳步聲，賽昆杜斯走了。

「我在問你話呢！你怎麼會有鑰匙，快回答我，回答我，朝聖者！」

我深吸了一口氣，「我在這裡很安全。」我對著黑暗喃喃自語，「我會很安全。」

在這裡，我可以逃離那些覬覦聖遺物的人……但是我能夠逃離內心紛亂的思緒嗎？

19・新生小雞

閣樓並不是完全漆黑的，因為有光從門板下方的寬闊空隙流洩進來。我站在一條毀損情況最輕微的長椅上，打開了窗戶遮板，但窗外是一面牆。不過，就算是在幽暗之中，打開遮板還是比關上好，可以讓閣樓通風一點。那個櫃子裡面放了一床老舊的被褥，我把它攤開鋪在地上，然後將長椅都堆到一邊去。我沒去動尿壺，我至今都一直都對其他人需要尿尿，還有他們蹲坐的動作感到很困惑。現在這個謎題解開了，我腦袋裡的聲音說道：除了天使以外，所有人都會尿尿。

閉嘴！我責罵自己，但是沒有時間進一步多想，因為我聽到門上傳來一陣刮擦聲，有什麼想從門底下鑽進來。

結果鑽進來的是隻毛色灰橘交雜的貓咪，我輕輕撫摸她，她發出舒服的呼嚕聲，然後蜷縮在被褥上。我心想，這個閣樓跟我以前住的羊欄還滿像的，除了地上鋪的是被子而不是稻草，還有我的聊天對象是貓咪而不是山羊。

我們聊了關於老鼠、貓咪和我的事，還有打盹的重要性。當閣樓裡已經黑到伸手不見五指，我便關上窗戶遮板，開始唸我的禱詞，祈禱聖彼得保護我不受傷害、不再被公牛扔石頭或者被廚娘罵、不會再遇到那名把我叫做「東西」的尖臉管家……唸到這裡我不禁全身顫抖。

貓咪用腳掌踩著我的手臂，喵，快點，我們休息吧。我躺在她毛茸茸的柔軟身軀旁，聖彼得的包裹溫暖了我的背，她的呼嚕聲有如搖籃曲般，讓我進入了夢鄉。

那個管家從上方逼近我，把手指敲得叮噹作響。他的每根手指都是刀子。「天使。」他嘶聲說道，黃金製成的眼睛閃閃發光。「怪物、東西……」

我猛然驚醒，「不！」我大喊，「我才不是你說的那些……」

貓咪蜷縮在我身邊，說：喵，快回來睡覺……

隔天早上，她的呼嚕聲喚醒了我。除了呼嚕聲以外，還有外面傳來的奇怪流水聲。

我小心翼翼地打開窗戶遮板，看見一道雨水的水流從雕刻成怪物形狀的排水口流出來，在我面前落下。

「我才不是怪物。」我想起剛剛的夢，低聲對自己說。但是排水口怪物才不在乎這件事，貓咪也不在乎。那名管家在很遠的地方，我不需要害怕他的刀刃手指。

我看著排水口噴出雨水，因為我沒其他事可以做。

貓咪？我叫道。她輕輕動了一下耳朵。我撫摸她，但她轉過身去。陪我玩嘛，我拜託她，但是她只回了我一聲「喵」，然後又繼續睡。

我戳了戳長椅，就算我有修理的工具和技術，這些長椅也已經壞到沒法修了。

我心想：亞維儂一點也不好玩。

我的駝背好癢。

我的駝背以前有這麼癢過嗎？我記憶中沒有。我的記憶中也沒有像現在這麼閒散的時候。沒有狗兒、沒有山羊、沒有佩特魯神父、沒有賽昆杜斯、沒有公牛，甚至連惡意攻擊我的羞辱和石頭都沒有。我好想念廚娘！她至少會找點事給我做。

早晨過了一半的時候，三時經的鐘聲響了，我從來沒聽過這麼好聽的鐘聲。

現在輪到等待中午的教堂鐘聲了。

從街道上飄來各種聲音，有笑聲，還有不曉得在叫賣什麼的人聲，我聽不太清楚。

我的駝背好癢。

我抱怨著：「別再癢了，你以前從來沒發癢過，我又不能抓你。」

為什麼不能？

因為絕對不能讓別人知道。

但是我已經讓別人知道了，在那可怕的一刻，那個獵人已經把我的祕密揭露出來了（別去想那件事，男孩）。我必須把自己藏好，否則我會被切成碎片（也別去想那個）。

我的駝背好癢，老天！

我的心問我：我很好奇，你的駝背到底是什麼東西？

我回答：是不能碰的東西。但天哪，我真的好癢，癢到連我的心都癢起來了——我這不聽話的好奇心！這個閣樓很安全，只有我一個人，又沒有人能透過窗戶看見我，而且我眼下有大把空閒時間。

所以——我真感到羞愧——我決定要探明駝背的真相。

我用充滿罪惡感的手指解開包裹上的結，將包裹放在一邊。破爛的短上衣從我身上掉落，我裸著上身，只穿著褲子。深吸一口氣後，我將手伸向我的駝背，然後抓了抓。我感覺到了。

我的駝背很柔軟，但是柔軟的表面下有骨骼，到處都藏著細小的骨骼。幼細的羽毛覆蓋著我的皮膚，就像是新生小雞的翅膀。

「我不是天使。」我喃喃自語，但我又再次伸出了手，再次觸摸那些羽毛和骨頭。我的胸膛裡有肌肉在動，我以前都不知道這些肌肉的存在，是沿著我的脊椎生長的肌肉。

我鼓起極大的勇氣，伸手抓住駝背並拉伸開來，從眼角餘光可以看到所有羽毛都油膩膩而且軟塌塌的，每根羽毛大概都跟我的手指一樣短。

貓咪打了個哈欠，伸伸懶腰，然後又躺了回去。我伸出手，她聞了一下，然後皺起鼻子。

這對翅膀——我是說，這對東西——應該不臭吧……很臭嗎？要是有人能循著這股味道找到我，怎麼辦？

我必須清洗我的駝背！但是該怎麼做？如果沒有鳥啄，該怎麼清理翅膀……呃，還是應該叫駝背？我甚至連水桶或碗都沒有……尿壺！

我急忙將有缺口的尿壺放到落水管下，很快就裝滿了一壺清水。我在櫃子裡找到一塊破布，然後開始設法清理自己。

但是天哪，這也太難了！我的手臂在前面，駝背在後面，而且我的翅膀——管它到底是什麼——一點力氣也沒有。

也許天使會彼此清理羽毛，就像貓咪清理小貓一樣……

我把我的背轉向貓咪，但是她立刻轉過頭去。沒辦法，貓嘛。

我將尿壺中的水倒到窗外，然後再次將尿壺裝滿清水，如此不斷反覆擦洗我從來沒有碰過的駝背，很快地整個房間就充滿了潮濕鳥兒的臭味。

天使有時候真讓人覺得噁心。

我不停重複擦洗和沖水，直到因為精疲力竭而顫抖，我現在好同情剛剛破殼而出的小雞啊。

一陣聲音傳到我耳裡，有人來了！旅店老闆娘喊道：「抱歉，親愛的孩子，我們太忙了，你一定餓壞了。」她將一碗燉菜從門的下方推進來。

「呃，謝謝，您人真好。」

我把燉菜拿來餵貓，她把尾巴捲在腳趾邊，小口小口地吃著，而我則癱倒在被褥上，全身痠痛，感覺就像把剛剛割完的草全部拿去鋪平曬乾以後那樣。我將溫暖的聖彼得包裹壓在我的駝背上。這兩樣東西都很潮濕，該怎麼把它們弄乾？鳥兒是靠拍打翅膀把羽毛弄乾的，或許……

我胸膛的肌肉一陣痙攣，我的背也是。

天使一點用也沒有，我心想。然後立刻又否認：我才不是天使！

我不是天使，我一邊對自己重複這句話，一邊設法處理黏在我肩膀上的這對東西。但每次我揮動或是清洗它們，那個詞就越是在心中盤旋不去，到了黃昏，我終於還是決定叫它們「翅膀」了。晚禱鐘[7]響的時候，我

7．指夕陽西沉時敲響的鐘聲，會隨季節而變，大約是晚上六點鐘。

心想：我有翅膀，我不但有翅膀，我還能拍動翅膀。我是可以拍動翅膀，不過每個動作都讓胸膛感覺彷彿在燃燒。我感受到的疲憊，甚至比公牛的拳頭更令我難以承受。費了好一番工夫，我才將窗戶遮板關上，然後一頭栽進床裡。

廚娘打開了閣樓的門，怒氣沖沖地踏著大步走進來。她厲聲責罵我：「你怎麼把這裡弄得一團亂！還懶洋洋地在這裡躺著。」她將手伸向蓋在我身上的床單。

「不！」我大叫，將床單拉得更緊。

但是她也開始猛拉床單，「你這個懶骨頭，你藏了什麼東西？」

「我什麼也沒藏！」我說謊了。

「我什麼也……！」我大喊著，猛然驚醒。廚娘呢？

她當然不在這裡，那只是個夢。

我把身子縮成一團，大口喘著氣。萬一廚娘看見我的翅膀怎麼辦？

喵，貓咪低聲叫著，別再亂動了……

隔天早上醒來時，我全身痠痛，感覺自己像個老人。我的翅膀……

天哪！我的翅膀變得更大了，而且羽毛也變得更蓬鬆，好像我每次揮動翅膀，它們就會變大。而且我現在雖然可以把翅膀稍微往外伸展一點，卻沒辦法將它們收回來，至少沒辦法完全收回來。萬一有人看到我怎麼辦？當然一定不會是廚娘，因為她身在遠方，那個管家也是。但是其他人也有眼睛，像是旅店老闆娘……

於是我把毛巾撕成一條一條的，然後一面喊痛，一面將我的翅膀綁起來，感覺就像在綁烤雞。我的翅膀真的很痛，但是痛總比被其他人注意到好，而且我想隨著時間過去，應該就會比較習慣這種有如掐擰般的疼痛和壓迫感——或者說我希望如此。

但是我的翅膀幾乎快將綁帶繃開來，而且就像蹲了太久的腿一樣痛。旅店老闆娘再次送食物來的時候，我請她拿針線給我，然後盡我所能地將破掉的短上衣縫補好，再套在翅膀上。後來我實在受不了了，所以又脫掉短上衣，並解開了布綁帶。終於解放了！現在這對翅膀展開來已經和我的手肘一樣寬了，能夠好好伸展一下翅膀真舒服。

喵，貓咪說，你會拍翅膀呢，但是你太大了，我吃不了。她說完又回去睡覺。

黃昏時我關上了窗戶遮板，然後將翅膀緊緊綁在身上。不管我的翅膀多麼想要自由，我都不能冒險暴露身分，萬一有人在我睡覺的時候進來閣樓怎麼辦？我痛到哭了出來，但還是穿上短上衣，並綁上聖彼得的包裹，至少溫暖的包裹能幫我緩解疼痛。

我緊貼著貓咪躺下，她伸展身體，讓出空位給我。

喵，你看起來好蠢，她說。

真希望我看起來不是這個樣子，真希望我看起來像個普通男孩。我撫摸她，她發出舒服的呼嚕聲。但我不是普通的男孩，在到達羅馬之前都沒辦法變成普通的男孩。我有一對翅膀，而且不得不藏起來，否則會被殺掉。

我嘆了口氣。

喵，貓咪把尾巴捲到她的鼻子上。怎麼了？

喔，貓咪！我吞了口口水。我得坦白承認：我想我是個天使。

20・嚴重打擊

一陣強烈的冷風襲來，廚娘在大力拉我的被褥……

「快醒來！」一道光線讓我目眩。

賽昆杜斯站著俯瞰我。「你這個蠢蛋到底做了什麼？你的駝背變得更大了！」

「對不起，老爺！」我因為羞愧而快哭出來了，緊拽著我的褲子、短上衣和包裹。

「走吧，快點。」他大步走出閣樓，我趕緊跟上。

貓咪蜷縮在我剛才躺過的地方，問道：喵，那以後誰要幫我暖床？

你會過得很好的，貓咪——這點我很確定，至少她不像我一樣得躡手躡腳穿過旅店，並皺著眉頭看賽昆杜斯將前門的門鎖打開。咳嗽讓他的身體飽受折磨，就著提燈的燈光，我可以看到他的雙頰潮紅。才過了三天，他的病已經明顯變嚴重了。

他猛地將頭轉向我：快點。

現在是深夜，亞維儂的街道就像墓園一樣安靜、一樣陰暗。賽昆杜斯一邊護著提燈一邊說：「我們要去見那個帶狗的男人，你能控制那隻狗，對吧？」

控制？我可以和狗兒說話，有時候我向他們提出請求，他們會答應幫我的忙，但那不是控制。比方說，我就沒辦法讓那隻貓咪一直醒著陪伴我。「我會試試看。」

「你必須成功。還有，你可能得爬進一個坑洞裡……別抖了。」

可是我無法控制自己啊。

我們沿著鵝卵石街道不斷往上走，最後眼前出現了一座猶如高山一般巍峨聳立的宮殿，宮殿的大門和樹一樣高。廚娘如果看到，一定會驚訝到說不出話來！一架由四隻馬拉著的馬車穿過大門，馬車前後都有守衛，還有個信使跑步跟在後面。

賽昆杜斯帶著我穿過大門走進庭院，我從來沒看過這麼大的庭院。他悄悄走進一道隱沒在陰影中的門，來到一條長廊，然後將他手上的提燈交給我；他把手杖握得更緊了。「啊，他來了，還帶著他的地獄犬。」

一個臉長得像禿鷹的男人走向我們，他身上穿著半黑半紅的服飾，腳上的鞋子大概是他腳掌的兩倍長。他身後有一隻小馬體型大小的狗在來回踱步，狗兒粉紅色的雙眼低垂，巨大的下顎則鬆弛下垂。

我安慰自己：這隻狗不是從地獄來的，他身上沒有硫磺味。不過，天哪，那隻狗真的很嚇人。你好，我試著跟他打招呼，拿著提燈的手止不住顫抖。

那隻狗捲起嘴唇，露出長長的牙齒。

「朝聖者。」那個男人——我決定叫他「禿鷹閣下」——向賽昆杜斯打招呼，邪氣像惡臭一樣從他身上散發出來。他對我包裹底下的駝背發出輕蔑的冷笑，「走吧。」

我們跟著那個男人走，那隻狗無聲無息地跟在我們身後。

你好，狗兒，我在家鄉也有一些像你一樣的朋友。

那隻狗聞了聞聖彼得的包裹，他的氣息讓我的脖子豎起寒毛。在提燈的照耀之下，可怕的影子在牆上搖晃不定。

你好，狗兒……

沒有回應。

一陣笑聲朝我們這裡傳來。賽昆杜斯說：「看來您錯過了一場歡樂的派對啊，閣下。」

「他們都已經酩酊大醉了，沒有人會注意到我不在。」禿鷹閣下看起來就像是穿著長長的鞋子漂浮在地上。那隻狗的指甲在石頭上敲出卡嗒卡嗒的聲音。

我們來到一扇門前。

禿鷹閣下望向賽昆杜斯，然後又看看那扇門的鎖，「你說你有鑰匙？」

賽昆杜斯點點頭，但是沒有採取任何行動。

禿鷹閣下發出一聲惱火的嘆息，然後轉過身去。

賽昆杜斯打開了門鎖，他的動作很快，我幾乎沒有聞到硫磺味，但那隻狗還是發出了低沉的吼聲。他往後退了一步，讓禿鷹閣下先進去。

門後的那個房間……真是漂亮極了！牆上掛著許多織錦畫，房裡還點了三根蠟燭（三根！在沒有任何人的房間裡竟然點了三根蠟燭！），讓藍色天花板上繪飾的星星一閃一閃的。

「把他顧好。」禿鷹閣下對那隻狗下達命令，朝我點頭示意。

那隻巨大的狗在我身邊繞圈，不斷嗅著我。

你好，狗兒，我又試著打招呼。為什麼你不跟我說話？

禿鷹閣下指了指床，說：「在那下面。」接著又抱怨，「你根本沒用力推。」結果他和賽昆杜斯兩人使盡全力，才推動了那張沉重的橡木床。

在這期間那隻狗一直在嗅聞我，他的下顎掃過我光裸的腳趾，留下一條冰冷的唾液痕跡。我盡可能忍住不要發抖。

最後，那張床總算動了。

賽昆杜斯數著地板上的石頭，然後將他的手杖插入一個裂縫中，撬起一塊長長的石磚，而禿鷹閣下則用他的劍撐住那塊長石磚。

那隻狗開始聞我的手。

我向他解釋：那是貓咪的味道，但我很擔心他會在我身上聞出天使的味道。

賽昆杜斯對地板下的坑洞點頭示意。那個洞大概有我身高一半深，裡面有許多鼓鼓的小麻袋，和一口外表覆蓋著黃金的小箱子。「快進去，男孩，去拿脛骨。」禿鷹閣下搓著雙手。

我小心而緩慢地爬進坑洞，這個洞感覺就像是個墓穴。那隻狗在旁邊一面看著一面流口水，禿鷹閣下看起來好像也快流出口水了。

賽昆杜斯催促我：「動作快點。」

我將手伸向箱子，箱子摸起來很冰冷。冰冷……我看了賽昆杜斯一眼，就一眼，就這樣而已，但這就足夠了。

「拿過來給我。」賽昆杜斯毫不猶豫地拿過箱子，然後命令我：「上來。」

我如釋重負地照做。

禿鷹閣下尖聲命令我：「給我回去！還有那些麻袋沒拿！」那隻狗發出咆哮聲。

賽昆杜斯大喊：「這是假的！」然後將那口箱子扔到一邊。他踢開用來支撐石磚的那把劍，長石磚重重落下。

禿鷹閣下想往後跳，但那隻狗就在他身後，所以他沒辦法跳很遠，結果那塊沉重的石磚落下後，正好壓住了他過長的鞋尖。

禿鷹閣下放聲大叫：「殺掉他們！兩個都給我殺掉！」

賽昆杜斯一手抄起那把劍，「那樣聖遺物是假的，你這個卑鄙的騙子！」

那隻狗嚎叫著，對著空中猛咬。

「攻擊他們！」禿鷹閣下一邊大喊，一邊掙扎著想移動他的腳，但他被卡得死死的；他的虛榮心將他釘死在地板上。「你這隻愚蠢的畜牲，快去撕開他們的喉嚨！」

那隻狗又開始咆哮和亂咬，但他咬的是空氣，不是賽昆杜斯，也不是我。那隻狗轉向我，對我說了一句話，僅此一句，而且只說了一次：快跑。

我大叫：「老爺，我們得趕快跑！」

「攻擊他們！」禿鷹閣下再次下達命令，而且還打了那隻狗一巴掌，這讓狗兒的吠叫聲變得更低沉了。

「拿著提燈，男孩！」賽昆杜斯跳過禿鷹閣下，跑到長廊上，我緊隨在後。他大力甩上門，然後對著木頭門板大吼：「你這個騙子！」

有人的聲音……從遠處傳來喊叫聲……

他在門上大力踹了一腳，「我需要那塊骨頭！」

「老爺，我們得離開了。」叫喊聲越來越近了，而且還能看到火炬閃耀的火光。

「那是第四樣聖遺物！我的聖遺物！」

「他們快來了，要是被他們找到，我們……」我哽住了，無法繼續說下去。

「我為這件事計劃了好幾十年！」他又在門上大力踹了一腳，才怒不可遏地踩著大步離開。「走吧，男孩，走這邊，先左轉，然後再右轉。」

至少這些路線指示不像禿鷹閣下說的話一樣是假的，我們最後來到一間擺滿了布匹的儲物間，布匹後方藏著一道門，打開這道門對賽昆杜斯來說自然也是輕而易舉。門後的地道充滿了穢物和腐爛的惡臭，而且看起來比黑夜還陰暗。雖然害怕得抖個不停，我還是跟著賽昆杜斯走，他突然停下來細讀書頁裡的內容時，我差點就尖叫出聲。

「脛骨。」他低聲抱怨著，「肋骨、牙齒、拇指、脛骨——我需要脛骨！現在該怎麼辦？」

我心想：誰在乎啊？現在還有比逃出這條地道更重要的事嗎？我們已經有很多聖遺物了——「老爺！」我的聲音在地道中迴響著。「腳趾！」

「腳趾怎麼了？」他氣沖沖地回道。「把提燈拿近一點。」

「我們拿到的腳趾是聖遺物，如果用肋骨、牙齒、拇指、腳趾呢？搞不好反而行得通喔！那根脛骨雖然是假的，但這根腳趾是真的。」

賽昆杜斯放下他的書，「你說的有道理。」

我盡可能讓聲音保持冷靜，「我們已經拿到四樣聖遺物了，看來聖彼得願意協助我們尋找聖遺物。」

「肋骨、牙齒、拇指、腳趾……我必須好好思考一下這件事。」

我們又繼續步履艱難地向前走。我儘量不去想在我的光腳趾間發出吧唧吧唧聲、有如爛泥般的東西是什麼。

原本的穢物惡臭變成了魚腥味，空氣開始流通了，我們走到了一道格柵前。在一陣微弱的硫磺味快速飄過後，賽昆杜斯打開了格柵。現在我們站在河岸邊，東方的天空帶著一抹粉色。水手大聲喊叫，水花四處噴濺；一時經[8]的鐘聲響起，通知大家早晨已然降臨。

「快走。」賽昆杜斯一邊沿著河岸繼續行進，一邊仔細觀察每艘船和每名水手。

我們身後傳來一聲吼叫：「別讓他們跑了！」我聽到有人這麼喊，也可能是我以為我聽到了。

有艘船正要離岸，賽昆杜斯對那艘船大喊：「我們要坐船！」

船長回答：「不行。大夥兒，起錨。」

我又聽到一聲吼叫，距離更近了……

賽昆杜斯大喊：「五枚弗羅林幣！」

船長停頓了一下，然後說：「十枚。」

賽昆杜斯跳上甲板，然後轉過身來對我喊道：「過來，男孩。」那艘船離船塢已經大約有一公尺遠了。「快跳！」

在我身後，有人吹響了喇叭。一個男人大叫：「別讓他們跑了！」我認得那個聲音！

我丟下提燈跑了起來，然後跳向那艘船。

賽昆杜斯用他那隻有聖遺物烙痕的手抓住了我，然後呻吟著用力把我拖上甲板。

「老爺！」我差一點就把他抓起來搖晃，我太害怕了。「那個管家在追我們！」

8．早上六點進行的祈禱儀式。

21‧海上旅程

我絕對不會忘記這趟糟糕的海上旅程。我這輩子害怕過很多東西：土匪、野狼、廚娘、黑夜，還有正在追蹤我們的尖臉管家。但現在我最害怕水手。

老天，他們實在是太迷信了，不管是對女性、鳥兒、聲音都一樣，不過大多數是對我。他們會直接在我面前做出保護自己的手勢，而且還會低聲抱怨我是個怪物。我從來沒有這麼強烈地感到自己是孤身一人，我還寧願被公牛欺負，至少在陸地上我可以逃走。

至於賽昆杜斯，他完全不相信我聽到了尖臉管家的聲音。「那個惡棍還在穿越法國的半路上！」

所以我就沒再多說什麼了，雖然我一直在回想那個管家大吼「別讓他們跑了！」的聲音，以及我夢到他咬斷自己的黃金手指，還有刀刃般的手指互相敲擊的事……於此同時，賽昆杜斯則不斷在發牢騷，說自己簡直倒楣透頂，因為他很討厭搭船，而且船上的葡萄酒又很難喝。

這艘船載運了要送去給佛羅倫斯布料商的棉花——每捆棉花裡都藏滿了老鼠。這些老鼠也很沒禮貌，幾乎跟那些水手一樣沒禮貌，而且就連海鷗都很暴躁，他們總是在抱怨陸地太近或是陸地太遠，還罵我不給他們食物。我跟他們解釋我不需要吃東西以後，他們就害怕地飛走了，而且再也不願意跟我說話，但他們還是會飛在船的上方嘲笑我，或者說我的閒話。

船在行駛間隨著波濤起伏而不停晃動。雖然那些水手說天氣很好，卻又怪我把風引來，他們咕噥著：「這個駝子的壞運之後會讓我們吃足苦頭。」一看到我因為暈船而想吐時，他們就會大聲嘲笑我。

每天，甚至是每分鐘，對我來說都無比漫長。有一天我聽到賽昆杜斯大喊我的名字，於是我爬過一捆捆羊毛，來到他和廚子一起坐著擲骰子的地方。他把墨水瓶遞過來，命令我：「拿著這個。」然後翻到書中列載著聖遺物清單的那一頁，大聲唸出：「肋骨、牙齒、拇指、脛骨、骨灰、頭骨、墓園。」他氣憤地又說了一次「脛骨」，然後用粗粗的墨水筆線劃掉這一項，一面喃喃自語，一面在旁邊寫上另一個詞「腳趾」，接著同樣也將這個詞劃掉。

腳趾──

我說：「恭喜您，老爺。」這是我第一次在船上露出微笑。

他翻閱書頁的時候，臉色變得很陰沉，「進了死胡同。」他低聲說道。「我到底漏掉了什麼？」他一口吞下他的酒，然後又重新開始擲骰子。我默默離開，剛才高興的心情都已消逝無蹤。

當晚他和那群水手坐在一起吃早已不新鮮的魚，我則在旁邊替他倒酒。水手說了許多故事，像是嗜殺成性的海盜，還有會將人拖下地獄的美人魚。

賽昆杜斯大笑了起來，直到咳嗽打斷他的笑聲。「那又怎麼樣？就算下了地獄，只要再逃出來不就好了。」

逃出地獄？那些水手對賽昆杜斯說的話嗤之以鼻。那是不可能的。

賽昆杜斯含糊不清地說：「不是不可能，只是很困難。我來告訴你們怎麼做：首先你得下地獄──我打賭你們每個人都會去那兒──然後和其他下地獄的人交朋友，甚至還能和撒旦交朋友，因為撒旦需要有人給他聰明的建議。你們在聽嗎？」

法呢。」

「當然啦！」一名水手大笑，「如果我下地獄，就得用到這個逃亡方

世紀，等到瘟疫襲捲全世界，等到數百萬個靈魂湧進地獄，多到數不清的

「說的沒錯……你必須盡可能弄清楚每件事，然後等待，等上好幾個

一點，只能走一步，接著隔天再多走一步。」

靈魂。然後……你們在聽嗎？然後你就混進那一大群靈魂裡，朝大門走近

「那樣得走上一輩子啊！」

「要走上好幾年，而且期間還得一直提心吊膽：擔心自己會被發現，

擔心瘟疫突然結束。但最後你會走到大門——地獄的大門永遠都是敞開鑰匙不見了，接著你就自由了。」

的，然後再把地獄大門的鑰匙偷走。」他咯咯笑著。「沒有人會發現那把

人老是在說這些胡話嗎？」

那些水手不安地動著身體，面面相覷。其中一名水手問我：「你的主

他可不是胡說的，他就是從地獄逃出來的，這個男人。但說出這種

話，我們兩個都會性命不保，所以我只是聳聳肩，「你們應該聽聽他怎麼

說英格蘭人的。」

那些水手如釋重負般地哄堂大笑，賽昆杜斯則腳步踉蹌地走去吐。隔天他的雙頰變得蒼白暗沉，因發燒而出的汗在額頭上閃爍。

那些水手仍然一樣老是盯著我瞧或對我怒目而視，還會一直問我背上那個包裹的事——那裡面裝什麼？是什麼財寶？我在想他的駝背看起來不知道是什麼樣子……我被他們嚇得夜不成眠，所以我決心要找到一個安身之處，不但要遠離那些水手，也要遠離那些老是抱怨我臭得像鳥一樣的老鼠。

我真是個大笨蛋。

那天晚上我爬上了船帆索具，坐在一根又長又直、用來撐起帆的橫桁上。星星和月亮躲在雲層後面，夜風吹在身上，感覺就像披著一件輕柔的斗篷。

有隻鵝在我頭上某處鳴叫，另一隻鵝回應他。

我大喊：鵝啊，你們該睡了吧。

他們回答：是啊，我們大家都要回巢了。他們的鳴叫聲逐漸消失，不過我覺得我還聽得見他們拍翅的聲音。我想，不知道在這麼柔和的夜空中飛起來是什麼感覺？

我斥責自己：別再想了，你該想的是睡覺的事。

我的翅膀好痛；其實它們一直都在痛，但是在高處這裡痛得更厲害。自從離開亞維儂的旅店以後，我就沒有再伸展過翅膀了，現在……喔，它們在陣陣抽痛。我必須解放我的翅膀。

不行！這樣我會有生命危險，連賽昆杜斯也會受到牽連，而且伸展翅膀似乎會讓翅膀變得更大。

但是這些念頭都無法澆熄我的渴望。這裡只有我一個人，沒有人會看見我，我只要伸展到疼痛減緩就好，只要一下下。

結果我沒有抵擋住誘惑。

我小心地卸下聖彼得的包裹，將包裹綁在船桅上，再脫下我的藍色短上衣，綁在包裹上。最後，我解開用來壓制住翅膀的布綁帶。

第一次動的時候，我的翅膀抽筋了，痛死我了！

不過熬過這陣痛楚後……啊，真開心！我終於可以展開翅膀了。帶有鹹味的微風輕拂著我，就像狗兒用溫暖的舌頭舔舐我。我的翅膀充盈著夜風，就像捧著水的雙手。

我在帆桁上站了起來，我就是這麼勇敢。我像從前站在樹上一樣站在帆桁上，張開雙臂，展開雙翅，我這輩子還沒有這麼快樂過。

我在帆桁上讓自己保持平衡，也不知道過了多久；我一直在上下浮動跳躍的海面上保持著平衡。這種感覺好有趣、好美妙啊！最後我的理性斥責我，要我趕緊停下這種行為，所以我非常不情願地坐了下來，開始將翅膀綁起來。

但是我的翅膀不聽使喚。

我咒罵這對固執的翅膀，還有愚蠢的自己。後來我總算設法將翅膀綁緊了，但是好痛啊！這就是我在半空中蹦蹦跳跳應受的懲罰。將翅膀綁好後，我哭著套上短上衣、綁上聖彼得的包裹，然後將自己綁在船桅上開始睡覺。

陽光灑在身上時，我雖然十分羞愧，而且肌肉痙攣疼痛不已，但依然感覺很愉快……這種好心情感覺只維持到回到甲板上為止；我不得不再次面對那些水手恐懼的視線，還有其中一人對我做出保護自己的手勢。

我的鬈髮從來沒這麼捲過，包裹則一如往常地綁在我的駝背上……

賽昆杜斯陰森地逼近我，「你的駝背比之前更大了，你做了什麼？」

「什麼都沒有，老爺……」這當然是謊話。

「去大家看不見的地方，那些水手已經夠害怕了。」

所以我就照做了，而且不管我的翅膀有多痛，都沒有再解開過綁帶。我在賽昆杜斯一邊喝酒一邊低聲咕噥的時候，坐在他旁邊。風將我們的船吹向羅馬，我在他身邊睡覺，距離近到能聞到地獄之鑰的臭味。我夢見自己展開雙翼，微風吹拂著羽毛……然後夢境又轉變成公牛嘲笑我、廚娘責罵我，還有尖臉管家對我嘶聲說話的情景。

我醒來的時候，駝背陣陣抽痛，喉嚨因為硫磺味而感到刺痛。我祈禱這趟旅程能快點結束。

22．世界的盡頭

最後我們總算抵達羅馬城的港口，深黃色的河水裡到處是船難遺骸，還傳來沼澤地的陣陣惡臭。

船員嘴裡不斷咒罵著，費盡力氣才讓船靠岸停泊。這個河岸過去曾經榮景一片，但現在建築石塊嚴重傾斜，有些還半埋在淤泥裡，幾乎沒有幾面牆是完好挺立的。這裡的人也是，個個看起來憔悴不堪、神智不清。乞丐聚集到賽昆杜斯的四周，卻離我遠遠的，而且所有人都對我做出保護自己的手勢。賽昆杜斯生氣地叫我站挺一點。

一個將雙臂藏在骯髒破布下的乞丐，堅持要當我們在羅馬的導遊。賽昆杜斯大聲吼道：「我知道路，我以前住這兒。」

但那個乞丐還是一直尾隨著我們，他說走到市區得花上一整天，而且因為有土匪出沒，所以路途並不安全。

賽昆杜斯所選的路，如今都成了遍地散落著碎磚爛瓦的小徑，附近的房子連屋頂也沒有，屋內到處長滿了雜草。我知道這些人去樓空但猶自兀立的建築，是瘟疫來襲後留下的遺跡，之後它們又遭到無情戰火的吞噬；但這些房屋承受磨難的時間太過漫長，連過去那些駭人情景所留下的殘影都逐漸消逝，歸於塵土。

我們從兩個男人身邊走過，他們正在猛砸粉色的大理石牆。

乞丐嘀咕著說：「那是異教徒住過的房子，朝聖者大人。」

「閉嘴。」賽昆杜斯厲聲打斷他的話，他的嘴唇緊緊抿成一條泛白的線。

我們走近一個有如地獄般灼熱的坑洞……不過（我這麼告訴自己）洞裡並沒有散發出硫磺味，圍繞在坑洞旁的人看起來也不像惡魔。

那名乞丐又哼哼唧唧地說：「他們在收集異教徒的石頭，富有的朝聖者想要看看嗎？」

一個男人將一塊石頭拋進坑洞裡，那是一塊女性頭部的石雕，她的頭髮用帶子綁著。在坑內的煤炭之間，一個肌肉魁偉的巨大軀體在燃燒著。

「石灰岩是上帝所創造的……」那個乞丐的眼睛緊盯著賽昆杜斯的袋子。「為的是用來建造教堂，彰顯上帝的偉大。」

「那不是石灰岩，你們這群野蠻人，那是藝術。」賽昆杜斯擦了擦他的眼睛。「男孩，我在這個城市裡以前有個朋友，我到羅馬來時都會去拜訪他。他的家族經營進口葡萄酒的事業，我們會坐在石榴樹下，一面引述詩人所寫的詩句，一面用水晶玻璃杯品嚐西班牙、西西里島和普羅旺斯的上等美酒……我知道這很難想像。」

不，根本無法想像。

隨著我們越走越遠，土地逐漸變成了沼澤，道路從泥沼中隆起；我們前方矗立著一座有十層樓高的塔，感覺就像是喜鵲築的巢，用了各種色彩混雜的大理石，還有毫不相襯的柱子。

「是土匪，朝聖者。」乞丐突然開口說了起來，「他們建起了那座塔，自稱是貴族，然後向所有人要錢。」

賽昆杜斯盯著那座塔，他的視線越過沼澤，落在遠方有如骨頭般突出地面的柱子上。「你的警告我收到了，但我不敢相信……」他把手伸進袋子裡。「快滾。」他說，並扔了一枚錢幣給那名乞丐。

乞丐快速伸出一隻手臂……他沒有手掌，只剩下殘肢！真可憐！我開口說：「我很遺憾……」

但那個乞丐立刻跑走了，還對我做出無禮的動作。看來比起只有一隻手的乞丐，駝子的地位還要更低等。

賽昆杜斯步履艱難地朝那座搖搖欲墜的塔走去。「走吧，男孩。」

突然間，我們面前出現了一群人，他們臉上都有傷疤，而且拿著各式各樣的武器。

「是土匪。」我低聲說，心臟怦怦跳個不停。

「聽說你好像是個身懷鉅款的貧困朝聖者啊？」體格最高大的土匪得意地笑著，他黑色的鬍鬚是一團雜亂糾結的捲毛。「那個男孩揹的包裹裡裝了些什麼？」

一個女孩用手肘推開他。那個女孩看起來年紀不比我大，雙腳髒兮兮的，還有一頭亂糟糟的黑髮，不過她的腰帶上有一把裝飾著珠寶的女用小刀，捲髮上也綁著紅色的緞帶，黑色雙眼則是既銳利又冷酷。

她仔細打量著我，「叔叔，他不是男孩子。」

賽昆杜斯故意將一把錢幣弄得叮噹作響，然後說：「請見諒，我們必須通過這裡。」

那些土匪的注意力立刻轉向錢幣的叮噹聲……

但那女孩沒有上鉤，「你是什麼東西？」她質問我的方式就像是農婦在對母雞說：你就是今天的午餐了。

「我不是……我是說……我是個男孩……」

「他是我的僕人。」賽昆杜斯在掌中又多放上一枚錢幣，「我們剛下船，他把那些水手都嚇壞了，因為他們發現駝背會帶來壞運。我們在亞維儂的時候原本想去找教宗，但教宗本人也十分畏懼駝背所帶來的壞運。」

那些土匪不安地動著身體，往後退了幾步。

「那你為什麼還把這個男孩帶在身邊？」那個女孩質問道，而且還特別強調「男孩」這個詞。

「因為我向他媽媽保證過我會帶著他；因為他話不多，吃得更少；因為我在很久以前就知道，絕對不能去觸碰他的駝背，甚至是他背上揹的包裹，否則壞事立刻就會發生在我身上。」他往前踏了一步，問道：「我們可以通過了嗎？」

那個身形龐大的土匪一把奪過硬幣，然後做了個保護自己的手勢，但那個女孩的雙眼還是緊緊盯著我。

我們飛快地邁開大步，遠離那座看起來就快散架的塔。賽昆杜斯擦去他眉毛上的汗水，「那個女孩有著蛇的眼睛，你看見了嗎？」

「是的，老爺。」我顫抖著，「她把我嚇壞了。」

「我想也是，大概連撒旦都會害怕她。」

「喂，你們兩個。」那個女孩大喊。她跟在我們後面！「為什麼你要假裝自己是男孩子？」

天哪，她讓我坐立不安！我緊張地拉了拉綁包裹的繩子，看看綁得是否牢固。

她又大聲問道：「你身上揹的是什麼？那一定是很珍貴的東西，因為你老是在注意那個包裹。那裡面裝的是黃金嗎？」

賽昆杜斯轉向她，說：「你覺得自己很聰明，對吧？」

她回答：「我知道我自己很聰明。就我所知，還沒有比我更聰明的人。」

他厲聲喝道：「那就當個乖女孩，快滾回那座醜陋的塔裡去。」

那個女孩以迅雷不及掩耳的速度抓起一塊石頭扔向賽昆杜斯，大吼：「別叫我乖女孩！我可是很邪惡的，聽懂了嗎？」

我目瞪口呆地看著她，怎麼會有人對邪惡感到自豪？這種行為本身就很邪惡！

「我的曾祖父那一輩有好幾位是元老院的成員，你們聽到了沒？總有一天我會當上羅馬的女皇。」

賽昆杜斯嘲諷地笑道：「羅馬根本沒有女皇。」

然後他又閃身避過一塊石頭。「只是還沒有人當過而已！」那女孩大叫，「但以後就會有，而且我的子孫會成為皇帝和教宗。你們身上帶了多少黃金？」

賽昆杜斯大步走開，他呼吸的時候胸口發出低沉的震動聲。

我下定決心要跟著他走，並盡可能忽略我們身後那個邪惡的女孩。在熾熱陽光的曝曬下，羅馬的地面出現了許多大條的裂縫。路旁排列著一座座破損的白色墳墓，每座墳墓裡都溢出冒著泡泡的綠水。接著，一座巨大的建築物出現在地平線上。

我小聲地說：「老爺，有一間教堂！」

賽昆杜斯的眼睛一亮，「是聖保羅的教堂！啊，男孩，我們就快到達目的地了。」

我數了數：「肋骨、牙齒、拇指、腳趾、骨灰……下一樣是骨灰。」

「沒錯，聖彼得的骨灰就放在聖保羅的墓裡。」

那個女孩還跟著我們！「順帶一提，你們兩個一定是瘋了才會自己走。」

她語音剛落，我們耳邊就傳來一聲長嗥。

「你們聽到了吧？」她幸災樂禍地大笑。「那是野狼的叫聲，牠們會吃掉朝聖者。」

第二聲長嗥再度傳來，讓我全身發抖。

賽昆杜斯挨近我，問道：「你能控制野狼嗎，男孩？」

我用恐懼的眼神望向他。野狼？

「所以朝聖者才會成群結隊一起走。」那個女孩繼續說。「哎呀，我聽說有些朝聖者在睡覺的時候被野狼拖走……」但我沒有聽見她後面說的話，因為我故意用重重踩在地上的腳步聲蓋過她的聲音。沒過多久，我就隱約看見一條正在接近那座大教堂的朝聖者隊伍……

看到這個情景，賽昆杜斯露出了微笑，「他們是從羅馬走來的，我們離市內只剩不到一里格[9]了。男孩，只要將骨灰拿到手，我們就可以進入羅馬市區裏……」

那個女孩朝我的頭扔了一顆鵝卵石，「喂！回答我的話。」

賽昆杜斯咬牙切齒地說：「你能不能……能不能當個邪惡的女孩，然後別再煩我們了？」

她回嘴：「那給我一枚弗羅林幣。」

「不可能！」

「你也不用這樣大吼大叫的……」她看著我，然後說：「其實你不用隱瞞啊，你也可以當一個女孩子。」她的視線飄移至那座教堂。「在那裡面要小心，那些修道士，他們……」她搖搖頭，然後轉身走回那座東倒西歪的塔。

「他們怎麼樣？」我問道。她原本要說出口的話感覺很重要。

她對我咧嘴而笑，「如果你偷東西被他們抓到，他們會把你的手砍掉。」

9．約五．五六公里。

23・蹬牆逃脫

我跟在賽昆杜斯身後，因為那女孩說的話而害怕得全身麻木。他們會把小偷的手砍掉！我看過活生生的例子——就是那個可憐的乞丐！他偷了什麼？他偷的東西不可能比聖彼得的骨灰還要更珍貴。

「老爺？」

賽昆杜斯拍死一隻蚊子。「什麼？」

「老爺，我們也會變成那樣嗎？」

「哪樣？喔，別去想那些。」

您沒有回答我的問題。「老爺，我不想失去一隻手。」

「我也不想啊。」

您還是沒有回答我的問題。「老爺，我不想偷東西。」

「別擔心，現在我需要的是強力的後盾和遲緩的腦袋，而你兩樣都沒有。」

我們一步步走向聖保羅的教堂，這座巨大的教堂四周環繞著遍布裂痕的老舊建築。第一批基督教徒（佩特魯神父是這麼告訴我的）將這座教堂直接蓋在聖保羅的墳墓上，並將聖彼得一半的身體放在聖保羅身旁，讓這間教堂獲得雙重庇佑。這就是賽昆杜斯要找的骨灰——在聖保羅墓中的聖彼得骨灰。

我們離夕陽映照的牆壁越來越近，事實上，現在我們已經排進朝聖者的隊伍裡了。所有人看到我，都做出保護自己的手勢，而且還向他們的孩子對著我指指點點的。

唉，這種事真的讓我覺得很厭煩。我討厭別人老是盯著我瞧，討厭他們對我比的手勢，討厭感到害怕。

賽昆杜斯生氣地說：「你不能再走快一點嗎？還有，不要再駝背了！」他不高興地抱怨著。「夠了，我要找個地方把你留在那兒。」他翻閱他那本書，「不行……不行……啊，太好了，他們在瘟疫爆發的時候都死光了。」他在一扇門前停下來，手腕一轉，就打開了門鎖，然後命令我：「進去，顧好那個包裹。」說完以後，他就把我鎖在房裡。那個房間充滿塵土的味道和孤寂的氣息，高處有一個只剩框條的窗戶。

我大喊：「老爺！我必須去羅馬！」

沒有回應。

我嘆了口氣。喔，真討厭！我還要等多久才能像正常人一樣生活，不必再被別人怒目而視？我還要等多久才不用再害怕看到保護手勢、刀子，或是邪惡女孩的銳利目光？我要去羅馬，變成普通的男孩。話說，羅馬只有一里格遠……

所以我下定了決心：我要自己前往羅馬城和聖彼得的墓園，請聖彼得先實現我的奇蹟，然後再回來幫賽昆杜斯完成他的任務——等到我變成普通的男孩以後。

就這麼辦。

但是光有勇氣是成不了事的，我根本不可能逃離這個房間，賽昆杜斯把門鎖上了，窗戶那麼高，我又搆不到……

我是有個點子……不行！絕對不能讓別人知道我的祕密，萬一有人看到我怎麼辦？

但是賽昆杜斯可能會離開好幾天，我不能一邊擔驚受怕，一邊待在這裡枯等他回來。我必須冒著暴露天使身分的風險，才能實現過上普通男孩生活的願望。

我立刻就開始動手準備，努力解開綁在胸口上的繩結。解開布綁帶又費了一番工夫，我身上好幾個地方都被綁帶磨破了皮。

第一次收縮肌肉時，我忍不住尖叫了一聲——天哪，我的翅膀好痛。慢慢地，翅膀伸展開來了，比我的兩臂還寬，羽毛也變得更長，而且還閃爍著微光。

儘管我既害怕又急著前往羅馬，這對美麗的翅膀還是讓我讚嘆不已。你們感覺得到風嗎？我問道。我需要你們，就這一次。我將包裹和短上衣都綁在腰上。我請求您，聖彼得，請幫助我，並且原諒我使用了翅膀。

我走到房間裡較遠的那一頭，那扇窗戶大概是我的兩倍高，但灰濛濛的天空帶給了我希望。看到了嗎，翅膀？以天空為目標飛去。我們必須找到聖彼得的墓！

我伏下身子，然後一面拍打著翅膀一面全速向前衝，一碰到牆就往上跳。

我跳得並不高，牆壁擦破了我的手指，扯破了我的褲子，不停拍打的翅膀還讓我的臉撞上了石頭。我用腳趾在牆上胡亂蹬著往上爬，並用盡所有力氣將手往上伸，最後總算抓住了窗台，然後把自己撐到窗台上。

我躺在窗台上喘著氣。

下方是一個空蕩蕩的庭院，四周圍繞著黑色的窗框，沒有任何動靜，沒有任何聲響、沒有燭光……看起來這整棟建築都遭人遺棄了。

你們準備好了嗎？我詢問翅膀。

我沒有飛，真的沒有，我只是展開翅膀來減緩降落的速度，所以我的膝蓋只是砰地一聲撞在地上，而沒有撞碎。

能重獲自由，感覺真好。

動作快點，男孩，要是被賽昆杜斯發現，他一定會大發雷霆。

所以我趕緊又將翅膀綁起來。那些綁帶已經快不夠長，幾乎沒辦法打結；我的翅膀又變大了，真是不聽話的翅膀，不過我很快就會跟它們告別了。我穿上短上衣並揹上包裹，把繩子拉得比平常更緊。

我躡手躡腳地走出那棟建築。我必須前往聖彼得的墓。

我把頭垂得低低的，跟在其他朝聖者身後走，就像是在信仰之流裡游泳的一條小魚。人潮互相推擠，將我捲入，然後又全部一起湧入一個廣場——一個有天空一半大小的教堂廣場！佩特魯神父一定會很想親眼看看這個情景。

朝聖者全都雙膝跪下，匍匐前進，我也加入了他們的行列。我怎麼能不加入？

我混在匍匐前行的朝聖者人群中，跪著爬進了那棟建築物。

天哪，那景象真讓人難過：教堂的屋頂已經完全坍塌了，只剩下飽經風霜的天花板橫樑，破損的地板中則長出了濃密的雜草。「是地震。」朝聖者彼此竊竊私語著，一面向前爬行，一面伸手去拿要捐獻的錢幣。

我沒有錢幣，但受到其他人的熱情感染，還是和他們一同繼續爬行。我用雙膝爬到了祭壇附近，祭壇前有一道防護柵欄，兩位修道士用耙子將供品耙過去。一位優雅的女性朝聖者將一條繩子垂入祭壇的一個洞口裡，然後拉起一塊長布條，湊近嘴邊親吻。她離開祭壇後，其他朝聖者都從四面八方擠過來，伸手去碰那塊布條。

我也伸出了手，並和其他人一起低聲叫喚著：「聖保羅，聖保羅！」然後跟著其他人走下階梯，來到祭壇底下的地窖。地窖裡的其中一面牆裝了鐵格柵，格柵後方就是聖保羅石棺的一端。格柵前擺著一個小小的木頭祭壇，還有兩位修道士不斷警告朝聖者不要抓牆壁，因為朝聖者不管什麼東西都會拿來當作聖遺物。

我微笑著，感受聖彼得的骨頭在我背上散發的暖意。

我低聲說道：看哪，這就是您的朋友聖保羅的墓，您的骨灰就在那裡面……

突然間，一隻手牢牢鉗住了我的肩膀，熾熱的氣息灼燒著我的耳朵：

「看來我弄到手的天使飛了。」

24・第五樣：骨灰

我像條魚一樣彈跳起來，但那個男人把我抓得很緊。「你竟然逃出來，你這個蠢蛋！」賽昆杜斯！

天哪，我鬆了一口氣。「對不起，老爺……我是在尋找聖彼得……」

「哼！」一個看起來像黃鼠狼一樣狡猾的朝聖者輕蔑地笑著，他的指節上有打鬥時留下的疤。「那個駝子是個騙子。」

賽昆杜斯抓住我搖晃，說：「你不該來這裡的！」由於高燒、憤怒，還有——我現在才發現——恐懼，他的眼睛閃爍著光芒。

「他那個包裹裡裝了什麼？」那個長相狡猾的朝聖者問道。

「不關你的事。去坐在那個角落裡，男孩，別亂跑。」

我彷彿聽見了廚娘的聲音：你這個笨蛋，竟然自己從鍋裡跳進火裡。她說的一點也沒錯，現在我似乎變成賽昆杜斯的偷竊共犯了！

周圍的朝聖者都匆匆離開去找過夜的地方了，我看著他們魚貫而出，心裡真希望能和他們一起離開。

那個看起來像黃鼠狼一樣狡詐的朝聖者問賽昆杜斯：「他也要分一份嗎？」

賽昆杜斯嘆了口氣：「不。我也不要錢，我只想要骨灰，所有錢幣都歸你。」

一提到錢幣，黃鼠狼就像嗅到獵物的狗兒一樣定住了。

「一千年以來，朝聖者一直都來這個墓地祈禱，我已經看過……」賽昆杜斯發現自己說溜嘴，連忙打住。「他們會透過那個蓋子放下捐獻的供品，所以現在那裡的財寶應該已經多到夠你買下樞機主教的位子了。」

黃鼠狼舔了舔嘴唇。

賽昆杜斯將他的注意力轉向其他修道士，他在他們手裡塞滿錢幣，送他們到階梯口，並且保證他會在他們做晚禱時守護好墳墓。那些修道士走了，雖然他們不太願意離開墳墓，但能拿到錢幣總是讓人高興，而且他們也急著想去禱告。修道士向我們保證他們很快就會回來。

然後就剩下我們了——賽昆杜斯、我和指節上留有打鬥疤痕的黃鼠狼。黃鼠狼很明顯根本就不是朝聖者。

賽昆杜斯命令我：「看守著階梯，男孩。」然後打開了格柵的鎖。黃鼠狼從他的朝聖者長袍下拿出了榔頭、鑿子和撬棒，然後他們兩個就爬上了木頭祭壇。

音樂聲飄蕩在階梯上，修道士正在唱頌禱文。

黃鼠狼配合著歌聲的節奏，用榔頭敲擊棺材的一端，賽昆杜斯則用棒子撬棺材……

音樂結束了。黃鼠狼停下手邊的動作，調整握榔頭的力道。

一首新的頌歌又開始了。我在階梯上張望著，為什麼都沒有人來呢？賽昆杜斯和黃鼠狼現在做的是邪惡的事啊！

賽昆杜斯看起來累極了，汗珠從他的眉毛上滴落，黃鼠狼則是用盡全力揮動著榔頭。石棺的一端發出喀啦一聲，動了一下……然後掉了下來，賽昆杜斯和黃鼠狼差一點就沒接住石板；他們小心地將石板放到地上。賽昆杜斯將手伸進打開的棺材裡，然後立刻縮了回來。他向手指吹氣，露出了微笑，然後對黃鼠狼說：「都拿走，快點！」

黃鼠狼咧嘴而笑，將錢幣全都掃進一個袋子裡。

賽昆杜斯不滿地嘶聲說道：「還有骨灰！」

黃鼠狼只顧著繼續拿更多錢幣；他將手伸到更裡面去，但是沒辦法碰到底。他轉向我……

不行！別叫我去！「老爺……那個乞丐……」

黃鼠狼抽出一把匕首，命令我：「進去。」

賽昆杜斯看著我，說：「拿骨灰，男孩，很快就好了。」

黃鼠狼一面舔著匕首的刀尖，一面對我露齒而笑。

光是站在祭壇上面，就已經是一種罪行了！而且，天哪，那口棺材裡面看起來好黑。

「拜託了，男孩。」賽昆杜斯小聲地說。

「別求他！」黃鼠狼從祭壇上跳下來，注視著我。

但我已經爬到祭壇上，站到賽昆杜斯身邊。我會幫他，我必須幫他。

「謝謝你，男孩。來吧，踩在我手上……」

我自己就可以碰得到。我深吸了一口氣，然後把自己推進棺材裡。裡面好黑啊！而且都是灰塵。我背上的包裹勾到了棺材邊緣。「糟了！」我大叫。

好痛！我的屁股感到一陣尖銳的刺痛。

「別碰他！」賽昆杜斯對黃鼠狼咆哮。

我轉了一大圈，結果扯到了包裹，然後我用盡全力將自己整個身體拖進棺材裡。「對不起，」我低聲說道，「對不起，聖保羅，我侵入了您的墳墓。」

賽昆杜斯小聲地說：「快點，男孩！」

我得承認，這個空間對一具棺材來說還算滿大的，比一個成年人的身高長，而且有我的身高一半寬。但我在裡面無法坐直，而且天哪，這裡真的好黑。我的手指和腳趾傳來灰塵、灰漿和一些碎屑的觸感，我的頭則砰地一聲撞上了棺材蓋。包裹摩擦著棺壁，將綁繩也逐漸磨斷了，「聖彼得！」我伸手往背後抓，但已經太遲了，包裹從我背上掉了下來。

「男孩，快收集骨灰！」

「拿錢幣，你這臭小子！拿錢！」

我到處亂摸，把觸手可及的所有東西都推向棺材的開口。

縄子。

「還要更多！」黃鼠狼怒氣沖沖地說，錢幣在他的袋子叮噹作響。

一塊骨頭碎片、一小片布……天哪，我的翅膀好痛，它們緊緊綳住了

「趕快出來。」賽昆杜斯小聲地說。

有人大叫了一聲！

我猛然縮了回去，綁帶啪地一聲斷掉了，短上衣的縫線也裂開了——我的翅膀展開了！

我聽見一個沉重的撞擊聲。

我四肢跪地轉過身去，透過棺材的開口，我看見修道士從地窖的台階跑下來。修道士！

我爬向墳墓裡面那端。拜託，兩位聖人，請不要讓他們看見我……

一位修道士走向被撬開的棺材。天哪，他離我好近！他只要一望進來就會看到我。

他彎下身來——我看到了他頭頂後方剃光的部分——將黃鼠狼的袋子放進棺材裡，然後低下頭禱告。禱告結束後，他說：「阿門。」

阿門，我也在心裡默唸。就算是小偷也可以誠心禱告。

那位修道士低著頭往後退。

我吐出了一口氣。

但緊接著，更多修道士來了，他們都拿著塗有濕混凝土的抹刀。這次我一定會被抓住！

修道士將混凝土塗抹在棺材的邊緣，從頭到尾都視線低垂。他們接到了命令，不准往棺材裡面看。修道士抬起石板，將它放回原位。

一片漆黑。

一個重擊聲讓地面為之搖晃，那些修道士在擺放一塊更重的石頭，也許他們正在將鐵格柵堵上？

四周陷入了沉寂。

我輕手輕腳地往前爬，推了推棺材的石板，但它紋絲不動。

我被封在聖保羅的墓裡了。

我不怕高，也不怕墜落，但是天哪，我害怕黑暗。蟲子會住在地底下，屍體也會，但是像我這樣活生生的生物不會。「賽昆杜斯。」我小聲地喊他，「賽昆杜斯！」

要是剛才我出聲叫了那位修道士就好了！犯下偷竊的罪行曝光是很糟，天使的身分如果暴露了更糟，但是再怎麼糟都比現在這個樣子好。我寧願冒著失去雙手，甚至是生命的風險，換取在地上生活的機會，也不要困在這個連坐都坐不直的地下空間裡。

不過等等……這裡並不是完全漆黑一片……

是那個洞口！是那位朝聖者女士在祭壇上放下布條的洞口，它從祭壇朝下一路穿過棺材蓋。

我往上張望，可以看見閃爍的燭光！

我聽到一些聲音——是有人拖著腳步走路的聲音。天哪，真希望我也能拖著腳走路，或是站著，甚至是跳起來……那些修道士可能會把我的手砍掉，但那是我應受的懲罰。一個人就算沒了雙手還是可以跳躍。

我將嘴壓在那個通道口上，大喊：「救命！」

有人大聲下達了命令，接著傳來一聲重響，伴隨著刺耳的石頭摩擦聲。燈光消失了；我剛才還能看見燭光的地方……現在什麼都看不到。

那個洞口也被封起來了嗎？

我將手伸進通道裡，盡可能往上伸……但我的手指離頂端還是很遠。

「救命！把我的雙手都砍掉吧！」

我不斷喊叫，喊到喉嚨刺痛不已。我大力敲打石板、每面棺壁，還有棺材蓋，並對著已經封住的洞口大叫。我的拳頭、膝蓋和頭都在流血。

我會死在這裡。

等等……天使會死嗎？我不會餓死——需要吃飯的人才會餓死。

我一次又一次地觸碰棺壁、地板和塵土……

我會瘋掉。我已經瘋掉了。

我躺在棺材裡，希望賽昆杜斯，甚至是黃鼠狼——說真的是誰都好——會來救我。我試著回想：我聽到一聲尖叫……尖叫的人是賽昆杜斯嗎？他一定還活著，他可是賽昆杜斯！他在地獄裡逃亡了一千年。如果他少了一隻手，還能來找我嗎？我不禁全身發顫。「拜託您，老爺。」我小聲地說，「救救我。」

我到處摸索，找到了聖彼得的包裹，將它緊抱在身上，然後跪在地上，讓翅膀頂著棺材蓋，開始祈禱。我向聖彼得還有他在這個墳墓裡的遺體祈禱；我向聖保羅祈禱，並感謝他將自己的墳墓和聖彼得分享。

我逐漸陷入睡夢中，做著我被困在地底的惡夢……

但每次醒來，我都會發現我的惡夢不只是夢而已。

第四章：抵達

25・紅鬍子男人和灰鬍子男人

我聽到一個男人在說話，他的聲音高亢清晰。

第二個男人的聲音則很低沉，他正在說故事——聽起來是一個很長的故事，但說故事的人似乎樂在其中。

現在我能看到說話的人了：一個蓄著鬍鬚的高個子男人，他的臉和下顎長滿了鬈曲的灰色鬍鬚，眼睛四周有皺紋，身上披著白色的亞麻布，手上還揮著一支長長的鑰匙。

「我跟你說我之前就聽過了。」第二個男人在一本厚厚的書上寫著字，身上的亞麻布濺到了墨漬。他的紅色鬍鬚很長，禿頂的周圍長著紅髮。

「什麼？你是說魚骨頭的事嗎？」蓄著灰鬍子的男人問道。

「拜託，弟兄。」在寫字的男人用筆蘸了蘸墨水。

灰鬍子男人嘆了口氣，說：「你的字真好看。」

「我再說一次，我可以教你。」他寫字的時候用一隻手把鬍鬚往後攏。你能想像有人聰明到既能讀又能寫，寫字的時候還要用手攏住鬍鬚嗎？

「我只是個漁夫……天哪，有人在這兒。」

蓄著紅鬍子的人沒有抬頭，「是啊，是那個天使。」

「哎呀，嚇我一跳！」灰鬍子男子露出微笑，我發現他少了一顆牙齒。他的頭上散發出光輝，他們兩個的頭上都散發出光輝。「你好啊。」

「您好，神父。」我覺得「神父」應該是正確的稱呼。

「不過，你是天使嗎？」他皺起眉頭問道，「還是普通的男孩？」

「他就是跟在賽昆杜斯旁邊那個。」紅鬍子男子對著墨水吹氣。

灰鬍子男子揮著他的鑰匙，「啊，賽昆杜斯，想辦法逃出來的那個。」

「對，就是那個。」紅鬍子男人從他濃密的眉毛底下看著我；天哪，他的眼神真犀利。「男孩，你還有工作要做。」

我醒來的時候，臉朝下埋在砂礫裡。

為什麼四周這麼黑？我剛才還在一片光明之中……

我摸到厚重的磚石，我的指尖上都是痂——我抓棺壁的時候割傷了手指，不過現在傷口幾乎都已經結痂痊癒了。我睡了多久？

長著鬈曲灰鬍子的高個子男人看起來真善良。那個禿頂的男人則是聰明絕頂，他會寫字，而且他認識賽昆杜斯，也認識我……

聖彼得，他當然是聖彼得，帶著天國之鑰的聖彼得。而另一個男人一定是聖保羅——撰寫《聖經》的聖保羅。

一片灰漿戳到我的臉頰，我想將它撥掉，結果發現它摸起來溫溫的，不是來自我的體溫，而是它自己的溫度。

這不是灰漿，是一小塊骨頭。

我緊握住它以後，立刻見到一位紅髮男子在佈道的情景。雖然有些人在辱罵他，但其他人都在側耳細聽，而且男男女女都在禱告。

這塊碎片是聖保羅的臂骨，我甚至還能看到骨頭的輪廓……這塊骨頭碎片在發光，雖然只有微光，但已經足以讓我看清它的形狀，還有我手上的五根手指。我的手還在！我甚至還能看到卡在皮膚上的塵垢。

我環顧四周，棺材的地板上有許多斑點，和漆黑的環境相比，這些斑點顯得沒那麼黑；附近掉了一塊石頭碎片，不對，是骨頭。我一觸碰到那塊骨頭，立刻就感受到聖彼得心中的熱情；彼得，一名從未學習過如何閱讀的漁夫。一小片亞麻布散發出暗淡的紫色光芒，我立刻觸碰那片布，因為我知道那是聖保羅下葬時，身上的裹屍布所殘留的布片。我緊握著那塊布，開始禱告。

這個墳墓裡的每塊碎片都承載了一段故事，我必須將這些碎片分類整理好。

聖保羅剛才說：你還有工作要做。

所以我開始動手。

我先將所有能在棺材地板上找到的東西分類，一堆堆擺放好。最大的一堆是乾掉的泥土，看來這座教堂曾在河流氾濫時淹過水。要是那條河流再氾濫，把我淹沒怎麼辦？但我立刻斥責自己內心閃過的念頭：別去想那些，男孩，你還有工作要做。我把泥土堆在一個角落裡，放在錢幣堆旁。

接著，我將聖保羅的骨頭和裹屍布的線及布片，擺放在墳墓的前端。墳墓的另一端——也就是尾端，成了我的棲身之所，我將聖彼得的聖遺物都收拾好放在這裡。我的包裹裡原本裝了肋骨、牙齒、拇指、腳趾，現在又多了從聖保羅的墓裡取得的聖彼得骨灰。肋骨、牙齒、拇指、腳趾、骨灰。

我把短上衣拿來當作枕頭，因為這件可憐的衣服已經破到無法修補了。不過這無所謂，我不需要再繼續遮蓋自己的身體了，反正這裡也沒有人看得到。

起初我試著無視我的翅膀，因為等到變成普通男孩，我就不會有翅膀了。但是這對翅膀喜歡受到碰觸，而且我清理羽毛時，發現羽毛的觸感很好。無論是關在籠中的鳥兒，還是受人操縱的老鷹都會用喙清理自己的羽毛，所以我不斷思考自己是不是也該理毛，我的嘴巴甚至還能碰到部分羽毛。雖然我不在意塵土的味道，但確實很懷念清潔過後的感覺。清理羽毛得花上好幾個小時，不過完成以後，我的羽毛就變得像絲綢一樣滑順。

我在這個狹窄低矮的墳墓裡先伸出一邊的翅膀，然後再伸出另一邊。到後來，我對清理羽毛變得越來越得心應手了，我甚至想像起飛翔的感覺，想像自己在莊園上方翱翔，朝賈克爵士揮手。他會微笑看著我嗎？那群山羊會注意到我並因此大笑嗎？飛翔的事想都別想！我責罵自己。你想讓廚娘或是公牛看到嗎？他們已經把你當成怪物了！我不想再聽到別人用刻薄的方式叫我。你是天使嗎？還是普通的男孩？聖彼得曾這麼問我。我是普通的男孩，我必須成為普通的男孩，總有一天我會成功的。

雖然那兩位聖人沒有再出現過，但我並不是孤身一人，因為有一隻老鼠陪著我。我不知道那隻老鼠是怎麼進到棺材裡的，但是她會依偎在我脖子旁邊，蜷起身子睡覺，並用她的鬍鬚搔我癢，把我叫醒。她經常熱心地將麵包屑帶來給我，每次我把麵包屑還給她，她就會說：那我就不客氣囉！然後小口小口地將那些麵包屑啃掉。她會在我梳理羽毛的時候清理她的耳朵，我們兩個就像是在太陽下清潔身體的貓一樣。

所以我的日子過得其實還不錯。事實上，我覺得最糟糕的只有做惡夢的時候，無論是夢到尖臉管家用刀刃手指追殺我，還是那個黑眼女孩連續不斷向我扔來問題和石頭……我總在驚恐之中醒來，但一看到漆黑的環境，我的脈搏就會緩和下來。在這裡，任何邪惡的人都找不到我！然後我會開始整理羽毛，將骨灰、骨頭和布塊整理好，然後將塵土堆成各種圖案。有時候我會覺得好像聽見了腳步聲和時辰頌禱的的唱經聲，但是那只不過我盡力避免去多想的現實所發出的虛幻殘響。為了轉移注意力，我教那隻老鼠沿著我的翅膀跑，因為她的鬍鬚而發笑，並清潔自己的羽毛。我還有工作要做。

這就是我在墓中的生活，而且我知道這樣的生活還要過上很久。

26・一張潦草的素描人物畫

我花了很多時間在思考賽昆杜斯的事。

聖彼得叫他「想辦法逃出來的那個。」聖彼得知道賽昆杜斯的事！那是好事，沒錯，因為天國之鑰在彼得手上，或許聖彼得正在計劃讓賽昆杜斯上天堂。但是隨著時間流逝，這點希望也逐漸消失，因為我知道賽昆杜斯去哪裡了——他回地獄了。我在禱告中加入一段禱詞，懇求撒旦好好對待他；連我自己都不太相信我的禱告能幫上他的忙，但是我能做的也只有禱告而已。

有一天我像往常一樣，帶著聖彼得的包裹蹲在平常休息的角落，將塵土堆成葡萄藤的圖案，老鼠則在我的肩上看著。我一邊堆圖案一邊唱歌，這首歌的旋律和歌詞都是胡編亂謅的，我以前常常唱給賈克爵士聽，他總會笑到流眼淚。可憐的賈克爵士，他受傷以後我也試著唱給他聽過，但是廚娘老是會逮到我，然後叫我去做事。

最先注意到的是老鼠，她豎起了耳朵。

也許我應該把塵土堆成常春藤的圖案，葡萄藤纏繞的模樣太複雜了。不知道賽昆杜斯有沒有對他的兒子唱過歌？可憐的盧修斯，上了天堂卻失去了父親……

我耳邊傳來石頭摩擦的聲音，老鼠從我的肩膀上跳了下來。明亮的光線穿過上方石頭祭壇的洞口，從棺材蓋傾瀉而下，整個棺材裡都湧入了光線。因為太亮了，我忍不住尖叫出聲。老鼠，發生了什麼事？我大聲問她。

老鼠奔竄而逃：快躲起來，男孩！

我能往哪裡躲？幫幫我，老鼠！

然後我聽見了吵架聲，這對祭壇來說很不尋常。光線移動了，有一道影子……

一片羽毛從祭壇的洞口飄落，那個洞口現在打開了。

不，不是羽毛，是一張書頁，頁緣有燒焦痕跡的書頁，掉在我堆的葡萄藤上。

我緩緩爬過去，用顫抖的雙手打開摺起的書頁，然後舉向有光線的地方：

那是一幅素描，草草描繪了一個手臂細瘦的男孩，他有一頭鬈髮和一雙大眼睛，還有一對翅膀。兩條線在男孩瘦削的胸口上交叉成十字形狀……

這是我的的畫像！一個揹著聖彼得包裹的天使男孩。

「賽昆杜斯！」我大喊。

我聽到喊叫聲。一道影子經過了洞口，有人在說話，一群人。一聲咳嗽……

「老爺，我在這裡！」

「誰？」也許那人說的是「誰」，但也可能是我在一片喧嘩中聽到了另一個字。「我剛剛……我剛剛是不是聽到聖彼得的名字？」一個聲音大喊。

「不，不是……」他在說什麼？

「你說我們應該全部離開這座教堂，前往聖彼得的墓園？」

我才沒有那麼說！不過那是賽昆杜斯的聲音。不能不是。也許我快精神錯亂了……「對，你們必須全部離開這裡，前往聖彼得的墓園。」但是別忘了帶我一起走。

我看到另一道影子。「這些話是怎麼回事？」這個人跛扈的說話聲裡充滿懷疑。

我該怎麼做？我該回答他嗎？我將嘴巴湊上洞口。老爺，希望你知道自己在做什麼。「你們必須全部前往聖彼得的墓園！」

人聲響起，有如上千隻烏鴉在鳴叫。這陣喧囂越來越大聲，伴隨著腳步大力踩在地面上的重響。

「賽昆杜斯！」我把手穿過洞口，伸向遙不可及的光亮，但只得到好幾處刮傷和一堆從天而降的砂礫。

喧鬧聲逐漸消失。

「賽昆杜斯？有人在嗎？」老鼠？但我什麼都沒聽到，只有一片沉寂。

那一刻……那一刻是我這輩子覺得最難受的時刻。我已經讓自己習慣不要再抱持希望，說服自己待在這個墳墓裡的生活也很有意義。但是那道光、那些聲音，讓我一直壓抑著的希望又噴湧而出。現在我的希望破滅了，我無法想像還有比這更殘酷的折磨。

我慢慢爬到屬於我的那個角落，遠離洞口，把身體蜷縮起來，用翅膀蓋住耳朵，緊緊抓著聖彼得的包裹。

塵土越來越多了……

寂靜無聲。除了在光束中飄蕩的塵土以外，沒有任何動靜。

又有塵土。

塵土從我頭上傾瀉而下，除了塵土以外還有灰漿。

棺材的蓋子升起來了——那個有洞的棺材蓋和上面蓋的祭壇。我看過那座祭壇！非常巨大，而且高度比我的手臂長度更高。那個祭壇的重量……我無法想像。

一小束日光透了進來；然後一張臉出現了，四周環繞著陽光。「男孩，你在嗎？」

感謝您，聖彼得！感謝您，聖保羅。「在，我在，老爺！」

「你……」他的聲音很嘶啞。「你安然無恙嗎？」

「羊？這裡沒有羊啊？」

「不是，我的意思是，你沒事吧？」縫隙變寬了。「你鑽得出來嗎？」

我該怎麼解釋？「老爺，我的短上衣撕破了……沒辦法遮住我的……那個……」

「這個很重啊，男孩。」他聽見我說的話了嗎？

那不重要，我得趕快出去。我拿著聖彼得的包裹，往上爬出墳墓，跌落在教堂地板上，我的翅膀大開，疲乏下垂。我四處張望，因為想起了石頭和刀刃而感到畏縮……但寬闊的教堂裡空無一人。

「啊，能再見到你實在太好了。」賽昆杜斯揩了揩臉。天哪，他看起來病得好嚴重！不但兩頰凹陷，而且雙眼青腫……

「您在哭嗎，老爺？」

他露出微笑，往我頭上一陣亂揉，把我的頭髮弄得蓬亂。「你還拿著那個包裹啊。做得很好，男孩。」

在一陣恐怖尖銳的聲音中，棺材蓋還有上面蓋的祭壇降下了。但是哪個男人強壯到能完成這不可能的任務？

不是男人。將那厚厚的石板放下的是一群婦人。

準確地說是四位婦人。這四位捲起衣袖的洗衣婦，因為長年擰絞衣物，手臂的肌肉都很結實。她們每個人都拿著一支用來攪動大盆的桿子，一面出力一面嘖舌，背肌繃得緊緊的……

頂著巨大石頭祭壇的棺材蓋，在發出響徹天際的重擊聲後，回歸原位了。

「老爺，為什麼教堂裡都沒有人？」

「噓。」賽昆杜斯微笑著說，「容我日後再敘。」

那些婦人眉開眼笑地圍到我身邊，撫摸我的頭髮，將我抱起來，拍掉我褲子上的塵土。她們一邊展開我的翅膀，一邊輕輕地笑著並低聲說話。看看我的翅膀！是白色的沒錯，但也有藍色、紫色、金色，末端則是鮮豔的紅色。我的翅膀閃耀無比。

洗衣婦將我的翅膀摺起來——她們從我出生前就開始摺疊衣物了——然後靠著我的身體收好。

對耶！翅膀應該是可以收起來的。

我腦海裡浮現出一些畫面：燕子著地的時候會將翅膀夾在身側……麻雀在地上跳來跳去尋找麵包屑時，會輕輕將翅膀往後拍……天鵝滑入水裡時，也會將翅膀收好，優雅地在水上漂浮……

賽昆杜斯皺著眉頭問我：「你在幹什麼？」

「對不起，老爺，我只是想試著像鳥一樣動動看……」羽毛覆蓋在身上的觸感真好，我的翅膀像在鞋子裡的腳趾一樣扭動著。

「嗯。」他咳了一聲，「現在你沒有駝背了。」

「什麼？」我轉了一圈；我真蠢，誰能看得到自己的背啊！我用手去觸摸……

我還是有翅膀，沒錯，但翅膀現在好好地收在肩胛骨之間。我沒有駝背了。

我震驚地呆站著……當其中一位洗衣婦在我腳邊跪下時，我嚇得跳了起來。她很快就補好了我褲子膝蓋部分的破洞，其他人則拿起了一件短上衣——這是用她們其中一人的裙子內襯在轉瞬之間就縫製好的——替我從頭上套下。那塊亞麻布經過多年的清洗已經褪色，但是質地很柔軟。喔，短上衣服貼地覆蓋在我的背上。

「好舒服啊。」我輕聲地說，「謝謝。」

那些洗衣婦哈哈大笑，用壯實的手臂幫我綁好聖彼得的包裹。

我檢查繩子是否綁牢以後，轉向賽昆杜斯，「肋骨、牙齒、拇指、腳趾、骨灰。現在您擁有五樣了。」

他露出微笑，「沒錯，而且我還有你。」

洗衣婦親吻了我的鬈髮，賽昆杜斯和我在青空之下邁步走出那座巨大的教堂廢墟時，她們還向我們揮手道別。我大喊：再見了，老鼠。再見，聖保羅，感謝您將墳墓的空間與我共享。

「走吧，男孩。」

這間教堂變得好安靜，而且空蕩蕩的……真的是這樣嗎？

「走吧。」賽昆杜斯又說了一次。「我們不快點不行了。」

27・聖彼得和聖保羅的頭顱

大家都知道，除了留在聖保羅墓裡的那些骨灰以外，聖彼得的骨頭都安置在他位於羅馬的墓園裡。但是許多年前，教宗決定要用特別的方式保存這兩位聖人的頭顱；他將聖彼得和聖保羅的頭顱都帶去世界天主教會母堂，因為那是屬於教宗他自己的教堂，這麼做能讓教會三巨頭——教宗、聖彼得、聖保羅——聚首一堂。之後，為了躲避兇殘的羅馬人，教宗逃往亞維儂，但是他的教堂依然在羅馬，而這兩位聖人的頭顱也同樣留在羅馬，不但受到嚴密的看守，且從不向外展示，除了這次聖年——一三五〇年——他們的頭顱將在這段時間安放在祭壇上，供數百萬名信徒瞻仰。

這就是為什麼賽昆杜斯和我會從聖保羅的教堂長途跋涉一里格到位於羅馬城的世界天主教會母堂。我們已經拿到了肋骨、牙齒、拇指、腳趾和骨灰，現在我們需要頭骨。陽光照在身上，微風吹拂我的鬈髮，感覺實在太美好了！能夠擁有挺直的背，讓包裹平貼在背上的感覺也很棒。我們走的是一條年代久遠的路，沿途只聽得見蚊子的嗡嗡聲。

我蹦蹦跳跳地走著，一邊大喊：「你好啊，沼澤。你好啊，廢墟。」賽昆杜斯微笑著說：「走慢一點，前面還有好一段路得走呢。」我跳躍著回到他身邊，說：「您沒有死掉，老爺！」

「你也是啊。」

「我之前好擔心，但您還活著。」

「如你所見，我好端端的。」

「而且您仍然保有……」我握起他的手，有疤痕的那隻手。

「不，那些修道士沒有抓我。」

黃鼠狼、那聲尖叫……「老爺，您是怎麼逃走的？」

「嗯，那個場面可有看頭了。那些修道士發現我們的時候，我能思考的時間不多，所以我就把頭狠狠朝牆壁上撞。」

「您說什麼？」

他摘掉帽子，讓我看他頭上一圈黃色的瘀青。「我撞得很大力，所以直接昏倒了。等我醒來以後，我跟他們說我被另一個朝聖者攻擊了。」他是指黃鼠狼。

我震驚到停下腳步，「但是……那是謊話。」

「唉，男孩，我得活下來啊。你知道嗎？偷竊聖遺物是非常嚴重的罪，但是我們在祭壇底下犯的罪比那更嚴重。那個男人有罪，你不認為嗎？我只不過是在他的累累前科之中多加上一條罪罷了。」他臉上的笑容慢慢消失了。「那你呢？你是怎麼熬過來的？」

「我過得其實沒有很糟。」

他發著抖說：「在那之後他們就不讓任何人接近那個墳墓，不管是要捐獻還是禱告都不行。」他輕輕拍了拍掛在他長袍底下的鑰匙，「至少小額的捐款是行不通的。」他臉上又恢復了笑容。「我真的很想念你，男孩，看到那些看門犬……」

「您去偷東西嗎？」

「只要能偷到手的我都偷，我偷遍了羅馬城裡所有富人家！然後我找到了那些強壯的婦人，並交給教堂大概這麼多錢幣。」他把手掌合攏成橘子的大小，「所以我才能靠近祭壇上那個洞，也才能……」他停頓了一下，「才能知道你的境況。」

「我就知道那是您！所以我才會大叫。」

「我聽見了，我沒法向你形容我那時感到多麼如釋重負。我立刻想到了一個點子：向所有人宣布，有個聲音說每個人都該離開這座教堂，前往聖彼得的墓園。」

「那是我的聲音。」我因為高興而顫抖。

「沒錯，男孩，你把你該扮演的角色扮演得很好，結果所有人居然真的都離開了。」他搖搖頭，一副依然感到不可置信的樣子。「就連修道院院長也走了。」

那幅情景一定很壯觀：上千名朝聖者和修道士——甚至還有修道院院長——一起衝出教堂的大門。我嘆了口氣，「真希望我當時也在那裡。」

「你這呆頭鵝，你在啊！當你拍著翅膀鑽出來……」賽昆杜斯的聲音變得嘶啞，他轉過頭去。

「現在您拿回聖遺物了。」我只說了這麼一句。

「我擔心的不是聖遺物……」他凝視著道路兩旁的沼澤，空中因為到處是蟲而顯得昏暗。「我以前住在這兒的時候，這片土地上蓋滿了別墅。」

「這樣不會很容易陷進爛泥巴裡嗎？」

他哼了一聲，「我們把水抽乾了，在這片荒地上蓋滿了花園和宅邸，那時候這裡非常漂亮，男孩。但是後來那群野蠻人來了，溝渠堵住以後，也沒有人知道該怎麼把水排掉。」他輕蔑地吐了口口水，「那群野蠻人什麼都不懂。」

遠處傳來一聲長嗥……是野狼。

就連賽昆杜斯都忍不住顫抖了起來。「我們也不容忍那些東西出沒……看哪，男孩，雄偉的羅馬城牆。」前方橫亙著一道飽經風霜的高牆。「這座城市的邊界。」

「那是您的族人蓋的嗎？」那道牆看起來綿延數里。

「是為了將那些野蠻人擋在外邊，雖然沒起到什麼作用。現在連狼群都能在城市裡四處徘徊覓食，如今的羅馬人比糞土還不如。」

通過下垂的大門後，天哪，我真是失望。這個城市看起來跟城外的荒地根本沒什麼不同：道路一樣滿是裂縫和車轍，樹木穿過腐爛的屋頂往上生長。我搜尋著野狼的蹤跡，但是只看到他們可能潛伏的陰影。

我們經過一棟大型建築物，這棟建築物大到我看不見另一頭在哪裡。「男孩，那就是羅馬最大的浴場，裡面的圖書館所保存的學問，遠遠多過現今整個世界所擁有的知識。」他拿起書，翻到其中一頁，上面有一幅建築物的繪畫。那棟建築物裡有拱門、雕像、噴泉，還有看起來幾乎和太陽一樣高的天花板。

「老爺，這是您畫的嗎？」

「這裡曾經是我生活中的一部分，我畫下這幅圖是為了不讓自己忘記……」他朝一棟長滿了藤蔓的廢墟點點頭，說：「我想那應該是我的好朋友馬里烏斯的別墅，他有一座海克力斯和獅子纏鬥的雕像。以前盧修斯很害怕那座雕像，他總是一直盯著雕像看……」

盧修斯，賽昆杜斯的兒子。

「芙拉維亞罵我總是害那孩子做惡夢，不過其實他只做過一次惡夢而已。他夢到那頭獅子就在我們家門外，所以哭鬧著要找我——是我，不是芙拉維亞，也不是保姆。」他露出微笑。「我告訴他獅子絕對不會攻擊我們。我說：『我的肉太老了，不好吃。』結果他問我：『那我呢？』還那麼小就已經有律師的樣子了。我回答他：『你太小了，還不夠塞一隻獅子的牙縫。』他聽完我的話以後，翻個身就又睡著了。」賽昆杜斯凝視著空中，他的視線落在千年以前。

我小聲地說：「請節哀，老爺，我為您所失去的一切感到很難過。」

「有很長一段時間，我一直強迫自己不准懷抱希望，但現在那些記憶又像潮水一樣湧進腦海裡。」

我也同樣淹沒在記憶的潮水當中：當賈克爵士和他兒子玩丟高高的遊戲時，那個孩子會高興地尖叫，我唱著胡亂編造的歌時，賈克爵士會大笑；他還會斥責我，跟我說不吃東西不行……

薄暮來臨，天色轉暗。我們經過好幾間擠滿了朝聖者的屋子，還看見修道士在教堂的台階上分發麵包，但那些朝聖者抱怨只有那點麵包完全不夠。我們也看到因地震而無家可歸的人所搭建的帳篷，婦女在馬路中央顧著炊火，她們的孩子則在眾多朝聖者的腿之間鑽來鑽去玩遊戲。

賽昆杜斯小聲地說：「別駝背，男孩。」緊接著又說：「你在做什麼？」

「我……我在走路，大家不是都這樣走路的嗎？」

他大笑著說：「我可不這麼認為。」

我又努力嘗試了一下……但是想變普通光是嘗試一下哪能做到？普通是人原本應有的樣子。

最後我們抵達一個到處都是朝聖者和帳棚的寬闊廣場，稻草商販在群眾中穿梭，兜售睡覺用的墊草。他們不能叫賣滿可惜。

我們穿過和穀倉一樣大的門，進入了世界天主教會母堂。比起聖保羅的教堂，這棟建築物受到的損害更嚴重；那場恐怖的地震讓這裡的屋頂幾乎化為烏有，牆上還留著火焰往上延燒的黑色焦痕；儘管柱子雖然已經燒得像夜晚一樣黑，還是屹立不搖。

「老爺，這真是太可怕了。」

「是啊，我沒想到人潮會這麼多。」教堂內擠滿了穿著棕色長袍的朝聖者，數不勝數的朝聖者在排隊等待敬拜，我們被捲入其中，推向前方。

祭壇奇蹟似地沒有被火災波及，兩位聖人的頭顱也是。那兩顆頭顱安放在祭壇上：聖彼得和聖保羅的頭顱，兩個頭顱上都有粉色的蠟製臉頰和玻璃眼珠，但聖彼得的頭上有灰色的頭髮，聖保羅則有紅色的鬍鬚和禿頂。我們和那兩顆頭顱離得很近，我幾乎可以觸摸到它們——如果用來保護祭壇的粗柵欄沒有擋在中間的話。

我低聲地說：「您好，聖彼得。」玻璃眼珠木然地凝視著空中。一位修道士戳了一位老婦人一下，說：「快往前走，隊伍都被你擋住了。快走，孩子。」

他沒有叫我駝子！那些洗衣婦幫我把翅膀收得很服貼。賽昆杜斯和我在人群中不斷受到推擠，我們倆就像是朝聖者人潮中的兩個軟木塞浮標。最後我們終於設法穿過和穀倉一樣大的門，回到教堂外。

賽昆杜斯找到一片安靜的陰影，嘆了一口氣坐下，「人真多啊。」

「是啊，老爺。不過幸運的是您都已經計劃好了。」那些門到底要怎麼關上？

「我沒想到會有這麼多人。」

「您的書是怎麼寫的？」

他氣沖沖地回道：「我的書上什麼都沒寫！我可不是魔術師，我靠的是我的機智和鑰匙，我就只有這些而已。」

我們盯著世界天主教會母堂，還有彷彿在支撐天空的焦黑柱子。商販在販賣葡萄酒、麵包和烤肉，朝聖者唱著虔誠或俏皮的歌，一群鳥兒吵鬧地宣告夜幕降臨。

賽昆杜斯提議：「或許你能叫一隻狗去替我們偷頭骨。」

「我不能那麼做！再說，狗兒也碰不到頭骨。」

「嗯，說的也是。」

吃吧，吃吧！鳥兒尖聲叫著。回巢，回巢！

一些朝聖者經過我們身邊，一邊看著我一邊低聲談話。他們沒有做出保護自己的手勢，但我還是……

賽昆杜斯說：「別駝背。」

「但是他們在盯著我看。」天哪，我不喜歡這種感覺，我的皮膚感到陣陣刺痛。

「他們沒有盯著你看，他們只是正好看到你。」賽昆杜斯閉上雙眼說：「他們打從出生以後就一直待在某個破爛老舊的村落裡，這是他們唯一一次能出外冒險的機會。」他不耐煩地哼了一聲。「看看我們……老天哪，我們究竟該怎麼做才能把頭骨弄到手？」

「不要失去信心，聖彼得希望我們拿到頭骨。」

「是嗎？他是這麼想的嗎？」

「當然囉。」我拍拍包裹，「不然之前他就不會給我們這五樣聖遺物了。」

一隻燕子俯衝而過：吃吧，吃吧！回巢，回巢！

賽昆杜斯嘆了一口氣，雙眼依然閉著，「你說的沒錯，那我們就直接走進去把頭骨拿走好了。」

夜晚來臨了，來臨了！鳥兒啼叫著。

我皺著眉頭，思考著。「老爺，我好像想到了一個辦法。」

28・第六樣：頭骨

破曉時分，焦黑教堂上方的夜空逐漸轉變為柔和的玫瑰色。

我在教堂裡，站在一群朝聖者之間，賽昆杜斯在教堂外某處。「請保佑他安全。」我悄聲對背上的包裹說，「還有我。」說完又趕緊加上一句，「我請求您。」

周遭的朝聖者不是在閒聊就是在禱告，我和他們一起慢慢接近祭壇。我緊緊閉上眼睛，小聲地說出幾乎像是禱詞一般的話。我輕聲說道：請飛給我看，我還是一隻幼鳥，請飛給我看，讓我知道該怎麼飛翔。這些話是朝著天空說的。

我耳邊傳來一個聲音：什麼？什麼？有個在地上爬行的傢伙說話了！

另一個聲音說：看哪，有一隻幼鳥！有一隻幼鳥！

又有其他好幾個聲音加入了對話：什麼？什麼？有一隻幼鳥？不可能！不可能！

是真的！是真的！第二個聲音回答。朋友們，我們一起飛給他看吧！

來吧，朋友們，我們一起來飛給他看！

我睜開眼睛。

一隻燕子從我頭上飛過，掠過我的鬈髮。我笑了起來：不必靠這麼近，這樣我們都會被抓到的。我已經很接近祭壇了，幾乎可以碰到祭壇前的柵欄……

一隻椋鳥俯衝而過，我問他：只有你嗎？羅馬不可能只有一隻椋鳥吧！

那隻椋鳥生氣地叫道：你等著瞧。只要等著，你馬上就會看到。

我已經走到祭壇前了，聖彼得的頭顱和我之間只隔著一隻手臂的距離。

「往前走。」那名修道士用低沉單調的聲音說，「往前走，孩子。」接著又說：「我的老天哪……」

「快看！」一位朝聖者低聲地說，然後換另一位朝聖者叫道：「看上面！」

我露出微笑：請飛給我看，朋友，告訴我何謂快樂。

你看到了嗎？你看到了嗎？那隻椋鳥啁啾鳴叫。先是有十幾隻椋鳥飛來了，然後轉瞬間天空中已經有多如繁星的椋鳥在飛翔著。

燕子向下俯衝劃過天際。幼鳥，幼鳥！我們在飛！我們在飛！

我看到了，我回答。真是太美妙了。

一群鴿子像一朵灰色的雲一樣流暢地翱翔。烏鴉飛撲下來，嘎嘎叫著：好好看著，幼鳥，看看我們有多強壯！麻雀快速拍動他們小小的翅膀飛了進來，問道：有麵包屑嗎？有麵包屑嗎？他們嘰嘰喳喳地彼此問道，用眼睛到處搜尋食物，他們總是在搜尋食物……

但那天早上最吸睛的還是椋鳥；他們吸引了教堂裡每個人的注意力。他們打著旋往上飛，席捲整個天空，然後又以螺旋形的路線從教堂的一端飛行到另一端。他們上下飛舞，迴旋飛翔；羨慕我們吧！在地上爬行的傢伙！他們得意地哈哈大笑，在焦黑的柱子四周盤旋。

朝聖者都目瞪口呆地盯著他們，臉上難掩驚訝。

我可以就這樣看著那些椋鳥飛上一整天。最先出現的是椋鳥、燕子、麻雀、烏鴉，接著是鴿子和雲雀，現在連鵜和大力振翅的天鵝也來了，還有燕鷗；三隻老鷹在高空翱翔。他們全都在飛，用他們的翅膀飛翔。

我也有翅膀……

你這個笨蛋，我斥責自己，然後硬是將自己的視線從上方拉回「在地上爬的這些傢伙」身上。我還有工作要做。我望向四周，感覺有人的視線落在我身上，但是我沒有發現任何人在看我，就連那些修道士也張口結舌地望著那些鳥。

我悄悄把手往前伸，小心地把手臂穿過柵欄之間。我們在飛！我們在飛！那些鳥兒鳴唱著。

我的手指碰到了蠟製的頭顱，蠟的下方有暖暖的東西……

快看！一群椋鳥俯衝而下，在天空中寫下一首只有上帝讀得懂的詩。蠟覆蓋在一小塊骨頭上，但是我一碰那塊骨頭就掉下來了，那是一小塊頭骨——一塊缺了一顆牙齒的頭骨碎片。沒錯，缺的正是那顆安穩地在我的包裹裡散發暖意的牙齒。

看看我們，看看我們！椋鳥大聲鳴叫著——

教堂的另一頭傳來一聲尖叫，是一個男人在喊叫：「有小偷！這邊有小偷！」

我迅速拿起那塊頭骨碎片——那些修道士看到了嗎？沒有！——然後把它從柵欄之間拿出來。

我衝進朝聖者的人潮之中。「有小偷！」那個男人還在喊叫，「小偷就在我旁邊！」

修道士費力地透過人群朝另一頭望，尋找大喊「有小偷！」的人。那個大聲吼著「有小偷！」的男人，肚子裡塞滿了葡萄酒和麵包，袋子裡也裝滿了賽昆杜斯給他的錢幣。沒錯，乞丐的聲音都很大，但是被收買的乞丐聲音更大。「他就在這裡！」

我在朝聖者的腿之間鑽來鑽去。

「有小偷！」修道士跟著那個男人一起喊了起來。

「有小偷！」朝聖者也叫了起來，彼此推擠。

我在人群中低著頭東閃西躲，不管走到哪裡都有朝聖者擋在我面前：穿著靴子的朝聖者、穿著涼鞋的朝聖者、長著黃色厚指甲的朝聖者、像公牛一樣體格粗壯的朝聖者，還有一群群骨瘦如柴的朝聖者，像籃子的網眼一樣緊貼在一起，我在他們之間又鑽又擠又爬……

最後，我終於踏上了門檻，穿過和穀倉一樣大的門，從教堂裡衝到外面的廣場。廣場上和教堂裡同樣人潮洶湧，而且做朝聖者生意的商販簡直忙翻了天。

賽昆杜斯一邊對我叫著「快點！」，一邊使盡全力推著教堂的門，用力得面紅耳赤。「喂！」他對一位鞋匠大喊，「我們得把教堂封鎖起來，以免發生竊盜事件！」

「竊盜？」那位鞋匠從他坐的長椅上一下子跳了起來，說：「我可不能眼睜睜看著別人把東西偷走。」他大力推門，賽昆杜斯也使勁推門，最後終於將兩扇巨大的門砰地一聲關上了。

在一陣手忙腳亂之中，賽昆杜斯用他的鑰匙將門鎖上，無視從裡面傳來的砰砰敲門聲。「感謝上帝，還有感謝你，好心的鞋匠，現在教堂安全了。」他拄著手杖，邁出大步離開教堂，

我跟在他身後，經過肉舖和專門為牲畜放血的攤位，經過滿是蒼蠅的一堆堆馬糞，經過比樹還要高的昔日遺跡。椋鳥在我的頭頂上大笑著，不

過燕子已經不見了，烏鴉則在圍攻老鷹。

那些烏鴉真勇敢，不斷施加攻擊。

我責罵自己：別再想烏兒的事了。

賽昆杜斯停下了腳步，擦去額頭上的汗水，並大口喘著氣，「怎麼樣？」

我小心翼翼地——可不能讓別人看到！——將那塊骨頭拿給他看。

「哈！」他吐出一口氣。「肋骨、牙齒、拇指、腳趾、骨灰、頭骨。」

「肋骨、牙齒、拇指、腳趾、骨灰、頭骨。」我將頭骨收進我背上的包裹裡，「現在我們只需要去家園了。」

賽昆杜斯一面大笑一面邁出步伐，「是墓園，男孩，不是家園，你為什麼老是記錯？我們現在只需要到達聖彼得的墓園就行了，再也沒有什麼能夠阻擋我們了！」但他的笑聲很快變成了咳嗽聲，而且他走路的樣子看起來就像是年紀很大的老人。

我挽住他的手臂，望望四周，看看我們身後……然後又看了一次身後，並哄著他加快腳步。我知道，有人在盯著我們。

29・土匪和狼群

我們艱難地走在殘破不堪的道路上，賽昆杜斯絆倒了，我趕緊扶住他。

他輕聲笑道：「你救了我，男孩。」

即使在白天裡，這條路依然很陰暗，因為兩旁的草木長得太過茂密了。我的皮膚又感到陣陣刺痛……

「你聽到我說的話了嗎？」他又重複了一次，「你救了我。這一千年來我滿心都只想著自己的痛苦，但你讓我想起了身為人類的意義。」

我思考著他說的話，「您也救了我啊，我遇到您之前，別人老是向我扔石頭。」

「嗯，不過以前他們朝你扔石頭是因為你駝背，現在你已經不是駝子了……」

一個可怕的聲音直衝耳膜：有野狼在遠處嗥叫！

賽昆杜斯低聲說：「快點！」

我和他異口同聲：「快點！」

唉，但是我的主人現在只能吃力地緩慢行走。

我們抵達丘頂以後，不禁倒抽了一口氣，既是出於敬畏，也是因為驚懼——放眼望去，山谷裡到處都是廢墟，再往遠處望去，則是一個擁擠不堪、搖搖欲墜，籠罩在煙霧裡的城鎮。賽昆杜斯喘著粗氣說：「這一帶……都曾經是偉大羅馬城的一部分，從這裡到那些城牆那兒，住了一百萬人！現在僅存的人口只能剛好塞滿一間教堂。」

我們走下山丘，賽昆杜斯不斷喃喃說著有關宮殿、法庭和雕像的事。我試著阻止他繼續說話，因為他必須保留一點力氣，而且狼群可能會聽到我們的聲音。

又有狼嗥聲傳來，更靠近了。兄弟們！姊妹們！狼群彼此呼叫，血腥殺戮！

我嚇壞了。我小聲對賽昆杜斯說：「老爺，我聽得懂他們說的話！」

「牠們說什麼？」他看看我的臉，「啊，不是什麼好事。」

長嗥轉為吠叫聲：兄弟們，姊妹們，往傳來氣味的地方去！有一個男人！還有一個小傢伙！

「快跑，男孩！」賽昆杜斯推開我。

「我不能把您留在這裡……」我好害怕！

我聽見有什麼衝過矮樹叢的聲音，姊妹們！兄弟們！血腥殺戮！

我聽到一聲驚訝的吠叫：那個小傢伙……會說話！

一匹狼衝到路中間——一匹巨大的白色母狼。她蹲伏在路上，擋住了我們的去路。

我僵住了，賽昆杜斯也僵住了；我盡可能屏住氣息。

她撲向我們，不斷嗅聞，你不是人類。

我……，我深吸了一口氣，然後說：我是天使，好像是。

「你在跟牠說話嗎？」賽昆杜斯嘴唇不動，小聲地問我。

安靜！那匹狼又前進了一步，那傢伙是誰？

他是我的主人。

他是你的親族嗎？

我的喉嚨被突如其來的嗚咽堵住了。是的，我就只有他一個家人而已。

那匹狼用她冰冷的黃色眼睛盯著賽昆杜斯看……

她靜悄悄地迅速沒入身後的雜草中，然後大喊：姊妹們，兄弟們！我們去別的地方狩獵。

然後她就消失了

賽昆杜斯緊抓著胸口，坐在一根倒下的柱子上，他的雙頰和嘴唇都顯得蒼白暗沉。

我喘著氣說：「剛才真的好可怕。」

「我不確定……還能不能……繼續走下去。」

「您一定得繼續走！我們就快到了。肋骨、牙齒、拇指、腳趾、骨灰、頭骨；對了！您應該把『頭骨』劃掉！」

但是他沒有抽出他的書，只是愣愣地盯著虛空，「我有多少成功機率？想上天堂的可是我這個人喔？」

「老爺，您必須要有信心。」

他不耐煩地哼了一聲，「這一切感覺就像是我的妄想。」

我抓住他搖晃，我真的非常生氣！「我知道——就像我知道太陽會照耀世界一樣——如果我們能成功到達墓園，您就能獲得救贖，而我也能獲得救贖。」

「你？你不需要救贖。」

「我需要，我必須變成普通的男孩。」

「什麼？」他眨眨眼睛。

「我知道聖彼得會回應我的祈禱，我們只需要到達他的墓園……」

一陣嘈雜聲傳來——

我跳了起來，賽昆杜斯轉頭去看。

一個人影從灌木叢中爬了出來——一個嬌小的人影，光著腳丫，黑色的頭髮上綁著紅色的緞帶。是那個說她自己很邪惡的女孩！那個向我們丟石頭的女孩！

我小聲地說：「天哪，太糟了。」

她一邊大笑，一邊慢慢走向我們，「你們兩個差點就被吃掉了！剛才根本是在浪費我的時間。」她看著賽昆杜斯，說：「我要用二十枚弗羅林幣買下你的僕人和他身上的包裹。」

他費勁地站了起來，「兩個都不賣。」

「我就猜你會這麼說。夥伴算什麼？只要有了那個包裹，我們兩個就能成為這座城市的主人。」

他輕蔑地哼了一聲，「那個包裹毫無價值。」

「毫無價值？真的嗎？如果裡面沒有聖彼得的頭骨，大概就真的沒什麼價值吧。」她看到我縮了一下身子，咯咯笑了起來。「嚇一跳嗎？我看到你拿走了。用鳥變的那套把戲還滿厲害的。但話又說回來，你是天使嘛！」她咧嘴而笑。「我看見你用背上的那對翅膀爬出聖保羅的墓……我居然還以為你是個女孩子。」

賽昆杜斯對她說：「你瘋了。」他抓住我的手肘，開始行走。

那女孩大叫：「勸你們別往那邊走，跟我走會比較好喔。」

賽昆杜斯的呼吸聲變得刺耳，但他說話的聲音還是很強硬，「別理她。」

她又向我們大叫：「好啦，不然我們只賣他的羽毛和眼淚就好……好好想想，天使之淚！那東西可以讓我買下全羅馬的絲綢……」

賽昆杜斯一步一步走著，穿越荒地，我則走在他身邊。

黑影一閃，那女孩從我們身邊衝過——

她手上拿著刀，擋住了我們的路，「我剛才說了，這條路不安全。」

賽昆杜斯揮舞他的手杖，從側邊砰地一聲擊中她的頭。

天哪，他讓我肅然起敬。我的主人曾經多次展現他的勇氣，但就屬這次的表現最為勇敢，因為我知道做出這個動作要耗費他多少力氣。

那個女孩生氣地咒罵我們，但她還是閃到一邊去，在我們經過時對我們的腳吐口水，「你們絕對會後悔的！」她繼續大喊大叫，但我一心專注於扶穩賽昆杜斯，因為他的身子就像蘆葦一樣搖搖晃晃的。我們拖著沉重的腳步，經過被沼澤淹沒的神殿和巨大的白色大理石建築。

「我不會再給你第二次機會了喔。」那女孩還在大叫。

我們走近一座堡壘。這座堡壘從前是一棟龐大的拱形建築，上面裝飾了許多雕像，但現在上頭改為設置有砲眼的城垛，拱形的部分也被堵上了。

在我們身後，那個女孩吹了一聲口哨。

許多人影從堡壘中冒出頭來，有許多劍士，和一個長著尖臉的男人：是那個管家！

「我剛才就警告過你們這條路不安全了。」那個女孩得意地笑道。她向那個管家伸出手掌，說：「我遵守承諾把他們帶到你面前了，該付我錢了吧。」

管家轉向那些劍士，命令他們：「把她殺了，把朝聖者也殺了，只要留下那個僕人就好。」

劍士向我們衝來，賽昆杜斯毫無預警地被撞倒在地。他一動也不動地躺著，帽子掉在爛泥裡。

我大喊：「賽昆杜斯！」

「閉嘴！」那個女孩氣沖沖地嘶聲說道，用她的刀子抵住我的喉嚨，「你珍貴的小鳥在我手上！」她對管家大叫，「叫你的人都離開，不然我就殺了他，再把你這頭法國豬開膛剖肚。」

我開始哭了起來，我實在是忍不住。我們就快到了，就差那麼一點點而已！

「別再浪費眼淚了！」她的刀子扎進了我的脖子裡。

救命，我無助地在心裡求救。

管家怒目瞪視著那個女孩，他手下的劍士往後退……

「各自守好自己的崗位！」他對那些劍士大吼。

但那些劍士還是繼續往後退；然後他們的武器都掉在地上，發出鏗鏗鏘鏘的聲音。

管家盯著我們，臉色蒼白；不，他盯著的是我們身後某處。

那些劍士轉身就逃。

管家尖叫：「有狼！」然後他也逃走了。

女孩迅速轉身。

一群野狼用強而有力的步伐朝我們奔來，那匹白色的狼縱身躍向我。

白狼的利牙陷入那個女孩的手腕，將她猛地從我身邊扯開。

我跌跌撞撞地走到一邊去。

賽昆杜斯微微動了一下。

「老爺！」我趕緊向他爬去。

那個管家逃跑了，而且跑得飛快，有三匹狼在追著他……

白狼將那個女孩拋到地上，血腥殺戮！我要撕開她的喉嚨……

不行！我大喊。

白狼盯著我看，爪子搭在那女孩的脖子上。是你呼叫求救的。是這樣沒錯。我搖晃賽昆杜斯，「醒來，老爺，拜託。」血從他前額的傷口中流下來。

沒有人會想念她的，那匹狼低沉地吼道。

可能吧，但是你救了我，這樣就已經夠了。我拿起賽昆杜斯的帽子和手杖，然後對他說：「來吧，老爺，您還走得動嗎？」

「啊，我的頭好痛。」賽昆杜斯努力坐起身來。「我們就快到了……」我抬起頭來看白狼，對她說：謝謝……

但是白狼已經消失了。

那個女孩倒在爛泥裡，臉上帶著不可置信的表情；除了不可置信以外還有別的情緒：恐懼。「那隻野獸本來要殺了我。」她低聲說道。

我轉向賽昆杜斯，「靠在我身上……」

她說了一些我沒聽懂的話，「快回答我！」她大叫。

「要回答你什麼？」我可沒時間陪她閒聊。

「你阻止了那匹狼，我知道是你幹的。為什麼？」

「因為我是好人。」我調整賽昆杜斯的手臂在我肩上的位置。「先走一步……很好。」我可以感覺到那個女孩的視線落在我身上，但沒去理她。「您做得很好，老爺……」

我沒有殺掉她，沒有。不過我知道，那個女孩因為太害怕了，所以不會再跟著我。但是她差一點就殺了我，她在羅馬一路尾隨我，一直跟在我身後，彷彿我是她的獵物……

喔，我必須到達聖彼得的墓園，這樣我就不會再害怕了。等到了聖彼得的墓園，我就能從這一切麻煩中脫身。

30・第七樣：墓園

儘管舉步維艱，我們還是繼續前進。破損的柱子從雜草叢中露出頭來，建築物的殘骸碎片掉落滿地，仍能勉強佇立的建築物，窗戶都用瓦礫碎石堵起來姑且擋住洞口。現在的羅馬人過著像白蟻一樣的生活。

「這裡本來是公共集會廣場，」賽昆杜斯抹掉額頭上的血，「現在已經埋在一千年份的灰燼和穢物底下。」他盯著一坨牛糞看。

我用手臂抱住他的腰，「走吧，老爺。」

我們繼續往前走。我向在荒地上露營的朝聖者求助，也向住在傾圮房屋中的羅馬人求助，但他們都不願意理睬我們。

空氣中傳來的氣味越來越糟，充斥著汗水、尿壺和豬隻的臭味。我們現在已經在羅馬城內了，滿是裂縫的塔樓聳立在狹窄的街道間。賽昆杜斯看了看周圍，每次呼吸都讓他的身軀飽受痛苦折磨。他喘著氣說：「我覺得……我好像已經有一千歲那麼老了……」

「喂，閃開！」一名看起來養尊處優的朝聖者，騎著驢子朝我們的方向過來。他鞭打驢子的側腹時，手上的戒指在陽光下閃閃發亮。

我喊道：天哪，驢子，他怎麼能那樣鞭打你。

那頭驢子豎起了耳朵，你會說話，咿喔！他皺起了鼻子。你帶的那個人聞起來像臭屁。

「快走啊，你這隻愚蠢的畜牲！」那位朝聖者再次鞭打他的座騎。

我試著為驢子求情：「不好意思，您能不能不要打他……」

「關你什麼事！」

我對驢子說：對不起，我幫不上忙。我繼續艱難地往前走，賽昆杜斯靠在我身上，他的額頭不斷滲出汗水。

一台獨輪車上載的葡萄酒桶破了個洞，一大群人爭先恐後地拿著杯子圍在四周，用手肘互相推撞。我們側著身慢慢移動，勉強繞過了這群在爭搶葡萄酒的人，但是戴著金戒指的朝聖者無法通過。他的喊叫聲蓋過了人群騷動的聲音，「喂，滾開別擋路！」

賽昆杜斯環顧四周，皺起了眉頭。「喔，男孩，這座城市變得和以前截然不同……」

「喂！」那個戴著金戒指的朝聖者尖聲叫道。

我往後看，正好捕捉到驢子將那個朝聖者從他背上甩下去的瞬間。咿喔！驢子大聲宣告：還有其他人更值得讓我載。他四蹄飛揚，踏著紛亂的人群跑過來，彷彿那些人都只不過是巨石。他朝賽昆杜斯小跑而來。坐上來，你這個臭烘烘的傢伙。

我感激地叫著：喔，驢子……

咿喔！別這樣，我討厭死了那些繁文縟節。賽昆杜斯將他的身體撐上鞍座後，驢子又說：你的主人載起來就像一袋豆子。

感謝您，我小聲向聖彼得道謝，這隻驢子的出現就像是奇蹟一樣。

我們再度啟程，這次有驢子、賽昆杜斯和我。賽昆杜斯的呼吸緩和了下來，臉色也變得好看多了……

這時，我們前方忽然閃現金屬光芒，是長矛。士兵朝我們這邊過來！

驢子看了看我，問道：怎麼了？你為什麼呼吸那麼急促。

萬一那些士兵是要來抓我們的怎麼辦？我忍不住弓起身子，我不應該駝背的……

一名士兵大喊：「別擋路！」他仔細看著賽昆杜斯，然後說：「那是血嗎？」他的馬也盯著我們看。

驢子對那匹馬厲聲鳴叫：咿喔！看什麼看，你這隻過度肥胖的小馬！

那匹馬縮了一下身子，差點把坐在馬鞍上的士兵甩下來，那名士兵因此轉移了注意力，沒再繼續追究就騎著馬走了。

我低聲說：謝謝你，驢子。

咿喔，我最討厭那些愛炫耀的傢伙。

那些士兵逐一經過我們身邊，他們騎的馬看到齜牙咧嘴的驢子都不禁畏縮閃避。

賽昆杜斯眨了眨眼，問道：「那些……是騎兵嗎？」他的身體在驢子上搖搖晃晃。

「別擔心，我們很安全。」至少現在還很安全。

路上的人潮變得越來越多：揹著煤炭、麵粉或稻草的挑夫、幫忙跑腿的孩子、貴族、撿破爛的人、變戲法和表演雜耍的人、修女、大聲喊著住宿價格的旅館主人，還有無處不在的朝聖者；所有人都在相互推擠。

一股潮濕腐臭的汙水味傳來。賽昆杜斯嘆了一口氣，「啊，是那條河。」

我們走上一道擺滿了食物攤販和聖物箱的橋，驢子大喊：都給我往旁邊站！還時不時開心地咬一下經過的朝聖者。

過了橋以後，我們終於到了——聖彼得之墓的教堂台階前。這是全世界最大的教堂，也是地位最崇高的教堂。有多崇高？看看那些用膝蓋跪著一階階爬上去的朝聖者就知道了。台階上擠滿了做生意的人，有工作檯上堆滿錢幣的兌幣人、展示著一捲捲精美絲綢的商人、帶著好幾袋罕見香料的香料交易商，還有揮舞著鉗子替人拔牙齒的人……

「這座教堂剛建成的時候，我來看過這棟建築。」賽昆杜斯凝視著教堂，「這些台階……我們都叫這些台階『通往天堂的階梯』。」

我們開始往上爬，驢子踩在大理石台階上，不斷響起蹄聲。我對這座教堂宏偉的黃銅大門驚嘆不已，當然還有那一群群的朝聖者——我從來沒看過那麼多朝聖者和商人。

我們抵達教堂的門檻時，一位身材魁梧的神父擋住了我們的去路，

「等等，你們的驢子不能進去。」

我差一點就灰心地叫了出來，但是又硬生生嚥了回去。「拜託您，神父，請幫幫我們。」

「我也想幫忙，但是……」他盯著賽昆杜斯看，「天哪，他在流血。」

我緊緊抓住神父的雙手。「我們走了很遠一段路才來到這裡！拜託您，神父，我們一定要到墓前去！」

「天哪，你還真拼命……」那位神父搔著他的下巴，「這隻動物溫馴嗎？」

「他一直都很聽話，神父，您看。」拜託，驢子，親我一下。

驢子的耳朵抽動了一下……最後他輕輕咬了我的手指一下，並在我身邊磨蹭。

「你們不會待很久吧？」

「不會，神父！」我給了他一個擁抱，然後幾乎是跳躍著越過了門檻。我們進到有聖彼得之墓的教堂了！我幾乎沒辦法合上嘴巴，眼前的情景實在是令人驚嘆。整座教堂裡大概點燃了一千根蠟燭，讚美詩和禱告的聲音，和薰香、蜂蠟的香氣融為一體，就連賽昆杜斯都目瞪口呆地看著這幅景象。

驢子的蹄在大理石地板上滑了一下。咿喔，這裡對我來說太吵了。真的很抱歉，驢子，感謝你願意載……

咿喔，別那麼囉嗦。

賽昆杜斯把手伸向我，「我們成功了，男孩。」

「是啊，老爺。」我緊緊握住他那隻有烙痕的手，「您很快就能上天堂了。」

「而你則會變成一個普通的男孩。」他擠出一聲輕笑，「至少在你再度變成天使之前。」

「對啊。」我眨眨眼睛，不讓眼淚流下來。「也許我們能在天堂裡再見。」

「我也……希望可以。」他指指因為發燒而顯得格外明亮的雙眼，然後指向祭壇下方的台階，「聖彼得的墓在那下面。」

我哄著驢子走下台階。還要走多久？我們在摩肩擦踵的通道裡緩緩移動時，驢子問道。

我想應該快了。「老爺，您準備好了嗎？」他露出微笑：「好了，盧修斯。」

「我不是……」他還能想起兒子的事實在太好了，他們父子很快就能重聚了！

我們轉了個彎，有朝聖者大喊：「是那座墓！」然後就在通道牆上建的大門前跪了下來，他們伸出手來，「是聖彼得的墓！」

一名穿著絲質長袍的教士將朝聖者一個個拖起來，說：「你們看夠了吧，快走。」

我們越走越近，那道大門跟我們之間的距離逐漸縮短。突然間，我發現了一件事，「老爺，墳墓離我們太遠了！我們碰不到！」

賽昆杜斯眨眨眼睛，「是啊……大門……鎖住了……」

我們身後的朝聖者不斷彼此推撞——

驢子抽動著耳朵。咿喔！這裡太吵了！

「老爺，您有什麼計畫？」

「計畫？我們必須打開……」他努力集中精神翻閱那本書，「我找不到……那一頁……」

那名教士扯著嗓子大吼：「快往前走！」

驢子大叫：你怎麼了？你又開始呼吸急促了！

那名教士看見了驢子，喊道：「為什麼我的教堂裡會有一隻畜牲？」

你叫我「畜牲」？咿喔！驢子露出了他的牙齒。

「走吧，老爺。」我幫著賽昆杜斯從驢子背上爬下來。我們必須盡可能靠近大門。

「走開！」教士揮動雙手對驢子大喊。

不要像那樣對我揮手！驢子踢著腳大叫著。

賽昆杜斯將手伸向大門，「盧修斯……芙拉維亞……」

朝聖者突然喊叫了起來，「快跑！那頭驢子瘋了！」他們驚慌地互相推擠。

教士大喊：「別再亂叫了！」

賽昆杜斯將手穿過欄杆之間，想要觸摸那遙不可及的墳墓。

「走開，你這隻笨驢子！」那名教士用手拍打驢子的鼻子。

沒禮貌！驢子用他的牙齒猛咬那名教士的長袍，把他的長袍撕破了！誰叫你侮辱驢子！驢子沿著通道向外奔馳，那件精美的絲質長袍在空中飄動。咿喔！

教士追在驢子身後，身上只剩一件內衣，其他朝聖者也跟著教士一起跑掉了。

賽昆杜斯喃喃說道：「上帝的行事……總是神祕莫測。」

周遭一片寂靜，通道已經淨空了。「快點，老爺！鑰匙呢？」

「鑰匙？啊……」他在長袍上胡亂摸索，「我的手指……」

「我找到了，老爺。」天哪，那把鑰匙真臭，但它順利插進了鎖頭，把大門打開了。

聖彼得之墓就在我們面前。

「抓住我的手臂。」我們只要跨出三大步，大概吧，就能碰到了。

「墓園……」賽昆杜斯輕聲說道，「七樣……聖遺物……我必須……收集……」

「老爺！」我用力扯著綁在胸前的繩子，「肋骨、牙齒、拇指、腳趾、骨灰、頭骨、家園……不對！」我笑著說：「是墓園，不是家園，我怎麼老是把最後一樣記錯。」

「也許這不是你在尋找的墓園。」他露出微笑，「再會了，小天使，我愛你。」

「我也愛您，老爺，永遠永遠。」

他拿著聖彼得的包裹，然後伸出手，我也伸出手，我們一起觸碰了墓牆。

我高興得顫抖了起來，好溫暖啊……

「你們在幹什麼？快給我出來！」那名教士朝我們衝過來了！

我迅速轉身去看——往後轉過身——

地上堆著一疊破破爛爛的棕色朝聖者長袍布片、骨灰，還有幾塊乾枯的骨頭，那些骨頭看起來已經有一千年之久。

賽昆杜斯消失了。

31・普通男孩

「給我滾開！」那名教士怒喝，大力朝我揮拳。

「墓園打開了！」朝聖者紛紛大叫著衝向大門。

我把手放在聖彼得的墓上，祈禱著：「聖彼得，請把我變成……」

那名教士抓住我，「不准碰！那個高個子的朝聖者跑到哪裡去了？」

他把我從朝聖者之間拖走，高聲怒罵要所有人立刻離開。

「聖彼得！」我大聲呼喊，「賽昆杜斯！」但是並沒有用力掙扎，因為我還能感覺到藏在短上衣底下的翅膀，我擔心那名教士會發現。

所以我就這麼被拖出去了，那名教士怒氣衝天地大喊我是小偷，兩名虎背熊腰的朝聖者扛著我穿越教堂，所有人都對我怒目而視。我的心中悲傷滿溢！我透過窗戶看著上方湛藍的天空；賽昆杜斯已經上天堂了，他完成了自己的任務！但是，天哪，我好想他。我喃喃自語：「幫幫我，賽昆杜斯，既然你已經上天堂了，請幫幫我。」

但是我沒有得到任何幫助，那兩名壯碩的朝聖者還是緊抓著我的手臂不放，群眾也不滿地對我發出噓聲。

他們把我丟在教堂大門口，其中一位朝聖者一邊拍掉手上的灰塵，一邊對我厲聲說道：「沒受到更嚴重的懲罰，你應該心懷感激。」

「是你！」一位魁梧的神父大步走過來——就是允許我將驢子帶進去的那位神父。他往下指著台階，說：「你自己看！」

我往下望，看見賣書、徽章、布料和水果的攤販……不過水果商人的籃子都倒了，蘋果和杏子滾得到處都是，一串串葡萄散亂地掉在地上，彷彿在路邊躺倒的醉漢……

神父叫道：「都是你那頭驢子幹的！」

「對不起，但是……」我向後轉身。我必須摸到那座墳墓——

「快滾！」那名神父大喊，雙手握拳，「再不滾我就讓你挨一頓鞭子！」

所以我跑了，從眾多籃子、朝聖者和商人之中逃走了，因為我可不想挨鞭子！

我不斷奔跑，最後跑到了一條散發著惡臭的小巷裡。這裡有一道損壞的樓梯，但沒有任何人的蹤影，只有一隻瘦巴巴的棕狗。

我躲到樓梯底下，然後慢慢伸出手去摸……

我的心跌進了谷底。毋庸置疑，我的背上還是長著翅膀，雖然好好收在肩胛之間，但還是有翅膀。

我成功來到了羅馬，也摸到了聖彼得的墳墓！但我還是沒有變成普通的男孩。我必須在墓前將我的禱告說完……可是該怎麼做？

這時一位老婦人出現了，她的臉皺得和早已過了採摘時節的蘋果一樣，「你想幹嘛？」

「抱歉，我只是在休息……」

「快走開，男孩！」她對我揮動她的圍裙，這個動作實在是和廚娘太像了，我嚇得跳了起來。廚娘罵我閒著不去工作的時候，也會這樣揮動她的圍裙。

那位老婦人踩上咯吱咯吱響的樓梯，「沒用的男孩，我知道你一定是要來偷我的母雞……」她將身後的門大力甩上。

我很想說：我不會偷你的母雞，但我什麼也沒說。不過我也沒有離開，因為我沒有地方可去。你好啊。我向那隻皮包骨的棕狗打招呼。

那隻狗抓抓她的脖子。

狗兒？我再次喊她。好奇怪，她為什麼不回答我……

三隻燕子穿越小巷俯衝而下，吃啊，吃啊，他們大叫。他們翱翔的樣子看起來好棒啊！看著他們，我的翅膀傳來陣陣刺痛。

別鬧了，翅膀！我責罵自己。然後……有個聲音對我提問：

為什麼？

我跳了起來：「賽昆杜斯？」

但那個聲音並不是從小巷裡傳來的，而是從我腦袋裡。為什麼？那個聲音用我很熟悉的語調提問。每次賽昆杜斯想讓我腦袋打結，或是想把錯的講成對的，就會用這種語調說話。雖然有時候錯的到頭來的確是對的……為什麼你的翅膀不能動？那個聲音問我。

因為……喔，我回答的方式很重要。因為別人看到以後就會知道我是天使。

那隻棕狗停止抓癢。什麼？她問道。有人在說話嗎？

我頭頂上的門猛地打開，那位老婦人將尿壺裡的東西往外潑。「我說過了，男孩，快滾！」然後又砰地一聲把門甩上。

有人在說話嗎？那隻狗又重問了一次。她費了很大的勁才站起來，搖著尾巴。

我撲通一聲跌坐下來，因為我沒力氣繼續站著。我的頭腦裡盤旋著各種思緒和想法……

一個念頭冒了出來：那位老婦人叫我「男孩」！她沒有叫我「駝子」或是「怪物」。在聖彼得之墓的時候，那些朝聖者確實都怒氣沖沖地瞪著我，沒錯，但他們之中沒有任何人對我做出保護自己的手勢。我雖然有翅膀，但是多虧有那些洗衣婦的幫忙，我的短上衣現在能夠平貼在背上，我的駝背不見了。

第二個念頭又冒了出來：天哪，能和動物說話實在是太棒了。

第三個念頭：我的老天，尿好臭啊！我之前就這麼想過，任何曾到訪過城市的人大概都想過，不過一直到現在我才驚覺，如果我是個普通男孩，我就得尿尿，還得吃喝和蹲下來上廁所，而且是每一天！那該有多浪費時間啊！而且又很臭。或許當個普通男孩也是有缺點的。

我的第四個念頭裡浮現了聖彼得的臉，他蓄著鬍鬚的臉對我皺著眉頭；他之前問過我：你是天使嗎？還是普通的男孩？現在我不知道該怎麼回答這個問題！

我的最後一個念頭，也是最為強烈的想法，只有一個字：飛。

那隻狗吃力地走過來。

我搔搔她的耳朵。我是什麼啊，狗兒？是天使，還是普通的男孩？什麼？那隻狗喘著氣問道。你剛才問我什麼？

你兩者皆是，一個聲音這麼說——在我腦袋裡那個聲音；那個一直以來受到賽昆杜斯教導的聲音。對於那些傷害你的人來說，你是個普通男孩；但是在你自己心裡，你是個天使。

我頭頂上的門又再次猛地打開，那位老婦人劈劈啪啪地拍打一塊滿是灰塵的布，「一點用也沒有……」她講話的時候也好像廚娘，總是在抱怨，總是在斥喝，總是在差使別人去工作。廚娘沒有去叫神父來，瘟疫爆發的時候，她有時間急匆匆地跑來跑去，卻沒時間拯救夫人的靈魂……

喔，天哪。我終於恍然大悟，瞭解了事實：廚娘沒有時間表現她的善良，因為她總是在忙於照顧病人，忙於維持莊園的生機。

我頭昏眼花地站了起來，翅膀在短上衣底下動了動，自動收了起來。我的翅膀，我有翅膀。

就算我缺少其他身體部位，那很嚴重嗎？只要我一直穿著衣服，根本就無所謂！

老婦人拿著一籃亞麻布，艱難地走下樓梯，「都是些遊手好閒的傢伙，全部都是……」

我挺起胸膛，我不能再躲起來了，「不好意思，您介意讓我幫忙嗎？」

她生氣地瞪著我，罵道：「我才不會讓你偷走這個，你這個壞小子！」

「我不會偷走，我保證，我可以幫您拿這個籃子。」

她繃緊了那皺蘋果似的臉，說：「我可不會付你錢。」

「當然啦，我也不會跟您要錢。」我輕輕地從她緊握的手中接過籃子。

那隻狗搖著尾巴跟在我們後面。

老婦人暴躁地問我：「你為什麼要這麼做？」

我很想回答：因為有一位聖人叫我這麼做。因為我其實是個天使，而天使都是善良的。「因為我看到有工作要做，我喜歡幫忙。」

她氣呼呼的表情改變了，雖然只有一點點，「是嗎？」她將一根頭髮塞進帽子裡。「至少這點小事你還幫得上忙。」這也好像廚娘……

我咧嘴而笑。只要有意去尋找，就能發現世上總有值得感激的事。

三隻燕子在小巷中俯衝而下。幼鳥！幼鳥！一起來飛！一起來飛！

我的翅膀傳來陣陣刺痛，因為急於展開而疼痛不已……在船上伸展翅膀那晚，夜風讓我每一根羽毛都感到溫暖無比……

「你走太快了，要知道，我已經像隻老母雞了。」

我努力將視線轉向地面，「我很抱歉。」

她咕噥著說：「以一個男孩子來說，你還不算太沒禮貌……你的鬈髮看起來就像是天使的鬈髮。」

我又咧嘴笑開了——我忍不住嘛。「以前也有人對我這麼說。」我對籃子點點頭，問道：「您希望我把這個拿到哪裡去？」

「有點耐心。還有你，走開。」她對那隻狗揮動她的圍裙。

什麼？那隻狗問道。我做了什麼？

沒什麼，狗兒……「我覺得讓她跟來也不要緊的，您有骨頭嗎？」

「骨頭？給流浪狗的？」老婦人做出一副怪表情。不，等等，她稍稍露出了一絲微笑。

我小聲對那隻狗說：你以後有骨頭吃啦。

狗兒的耳朵豎了起來。骨頭？「以後」是什麼意思？

我配合著老婦人的步伐慢慢走，屁股上頂著個籃子，身後還跟著一隻搖著尾巴的狗。在陽光底下，我的鬈髮（像天使一樣的鬈髮！）、髒兮兮的赤裸腳趾，還有蓋住翅膀的短上衣都曬得暖暖的。

燕子迅速飛過，翅膀掃過我的耳朵。你也有羽毛，幼鳥！一起來飛！

我回答他們：我會的，但現在還不是時候，現在我還有工作要做。

「我還有工作要做……」

老婦人看著燕子一下高飛一下俯衝的姿態，臉上的表情變柔和了，有一瞬間她的雙眼閃現出孩童般的光芒。「男孩，你剛才說什麼？」

「是一位智者告訴我的話。」事實上，是聖保羅。「他說我還有工作要做。」透過勞動獲得的喜悅——只要你知道該如何尋找，就能發現那無上的喜悅。

32．肋骨、牙齒、拇指、腳趾、骨灰、頭骨、家園

座落在山丘上的莊園看起來好小；那座莊園曾經是我的全世界……

我經過一間小屋，小屋裝設了臨時代用的門板。有一瞬間我的心臟狂跳：瘟疫又爆發了嗎？但當我看到一隻豬懶洋洋地躺在豬舍裡，立刻就安心了。豬舍的圍欄看起來是用心打造的，有人在照顧這隻豬。

你好啊，豬。

那隻豬向我抱怨：我好餓。

你一天到晚都覺得餓啊。我笑著說，豬天生就容易餓。好好享受陽光吧！

我繼續往前走。那隻豬再過不久就見不到陽光了，秋天是收穫的季節，他很快就會變成香腸和火腿。可憐的豬……雖然他看起來過得挺心滿意足的，而且九月的陽光也很舒服。

我看到了遠處的果園。去年三月，果園裡的樹因為枝枒蔓生而顯得擁擠不堪，但現在修剪過的樹枝上懸掛著一顆顆飽滿的蘋果，這些樹也像那

隻豬一樣受到了細心照料。

我就跟那些樹一樣，已經煥然一新了。我微笑著撫平短上衣，翅膀服貼地收在我的肩胛之間。每天晚上我都會將翅膀伸展開來，感受夜風，並在禱告時將翅膀擺成合掌祈禱的樣子。現在還不行，翅膀，但很快就可以了，我保證。

我的腳趾踏上通往山丘的小路，我對腳底下每顆鵝卵石都像對自己的牙齒一樣熟悉。你好啊，莊園……

男孩，男孩！狗群大聲吠叫。男孩，男孩！你回來了，你回來了！他們嗅聞著我的雙手和褲子，你聞起來不一樣了，男孩，男孩！你聞起來像……

我聞起來像個天使。我微笑著說，我身上有聖彼得、各種鳥兒，還有徒步走了兩個月的味道；我身上有個走失女孩的味道，我把她平安帶回媽媽身邊了；另外應該還有我找到的遺失的雞的味道，以及我幫忙收割的乾草味道……

狗群說：呼，你說太多了！快走吧！

於是我走進了庭院——賈克爵士所擁有的莊園裡的庭院。廚房的門四周圍繞著一盆盆百里香，一盤盤葡萄等著乾燥後製成葡萄乾。我忍不住看了一眼牛棚。我在回家的旅途上遇到的所有人都喜歡我，他們和我分享他們的故事和他們住的地方，告訴我該走的方向，而且所有人都叫我「男孩」或「小子」……

站好，我的心斥責我，如果你像個怪物一樣陰沉，你就會被當成怪物。

打穀室裡傳來一個聲音：「我不是叫你掃地嗎？你的腦袋只有蝨子那麼點大嗎？你把那些起士翻面了嗎？我知道一定還沒有。」廚娘大步走出來，「告訴那個修桶匠，如果他修的桶子裝了葡萄酒以後不會漏，我就會付他錢。」她掃視整個庭院……

然後視線轉了回來，把我納入她的視野，我挺直的背，還有我冷靜的面孔。「你這傢伙！」她氣沖沖地大罵，「我還以為你一定是逃走了。」

「您好，夫人，我遵照諾言，將您的銀杯送到聖彼得之階，也為您禱告了……」

「我沒時間在這裡陪你閒聊。去告訴那個朝聖者，他把我的牧童搞得腦筋不正常了。」

公牛？我轉向狗群，問道：公牛怎麼了？

他們在我身邊跳來跳去：男孩，男孩，你那時沒聽到嗎？他一邊大叫一邊咚咚咚地衝出去了！

「公牛走了？」這句話從我嘴裡脫口而出。

「跑去傳教了，那個笨蛋，而且就在農地要開始植栽之前。」

公牛去當傳教士了？我完全無法想像。不過傳教士確實都很大嗓門又很激動，公牛不但具備這兩項特質，而且威力加倍。

我在腦海裡描繪公牛如何站在教堂前，讓聽眾感受他曾經施加在我身上的恐懼……賽昆杜斯一定是讓他感受到了地獄級的驚駭！如果公牛開始保護弱者，那麼強者根本沒辦法動弱小的人一根寒毛。

廚娘輕蔑地說：「你不在的時候，那群山羊都變成野山羊了，要把牠們全找回來可得花上你大把時間了。」她邁步離開，一邊下指令：「誰去乳製品小屋那裡把那些小貓給攆出去。還有，去確認作物收成！他們一定會把那些葡萄都給糟蹋掉。鹽巴在哪裡？我要自己來秤重——我們拿到的量絕對少了……」

狗兒用鼻子磨蹭我的手。男孩，男孩，她把我們嚇壞了。

我拍拍他們。她非得這樣不可，但是她也把你們餵得飽飽的啊。我露出微笑，我還可以繼續放牧山羊！這真是讓我鬆了一口氣。

我環顧四周，還得向一個人打招呼……

他就坐在那兒，陽光照著他頭上的凹痕，還有他下巴上口水流下的痕跡。

我輕手輕腳地走近他，狗兒用鼻子磨蹭他蜷曲的手掌，仍然希望能得到他的輕撫。

我跪在他面前，說：「您好，賈克爵士。」

他大張著嘴，視線落在我身後某處。

您好，老爺，我用我的心靈說話，就像我和所有動物說話時那樣。

從他破裂的頭顱內某處，他回答我了，你好啊，男孩。我的天哪，你長大好多。

我微笑著說：是啊，老爺。我啊，好像是個天使呢。

天使？好了不起啊。你……你知道我的妻子在哪裡嗎？我好像一直找不到她。

我眨眨眼睛，不讓眼淚流下來。請節哀順變，老爺，夫人在天堂裡等著您。

賈克爵士顫抖著，伸出了手……

我緊握住他的雙手。我曾經對他的雙手感到驚嘆不已，他的手掌上長滿老繭，摸起來就像是樹皮一樣。現在他的皮膚變得那麼鬆軟……「請好好靜養。」

你一直都很善良，男孩，幫幫我。

當然！我可是個天使！但是我該怎麼做？

我腦袋裡冒出了一個點子。我現在想像一個地方，看看您是否能跟我一起到那個地方。我在腦海裡描繪出一道寬廣的大理石階梯，那是通往天堂的階梯……

我一步一步往上爬，賈克爵士——在我的腦海裡——在我身邊緩慢地走著。他很虛弱，因為他已經很多年沒有走過路了。我用兩隻手臂撐住他的身子，來吧，老爺，我想帶您去見一些人。

我們走向黃銅大門。

我大喊：聖彼得，請幫幫我們。

大門應聲而開，一個人影走了出來。那是一位身著米黃色禮服的美麗女子，她懷裡抱著一個嬰兒，一個害羞的小男孩緊緊抓著她的裙襬，另一個小女孩已經到了能夠蹣跚行走的年紀。

「歡迎你，男孩。」夫人微笑著說，「能再見到你實在太好了。」她把手伸向我身邊那位無法站直的男子，「你好嗎，親愛的？」

賈克爵士緊緊抓住我的手。這是真的嗎？眼淚流下他的臉龐。

他用盡全力踏出腳步……

他的手掌不再蜷曲，頭顱上的凹痕也消失了，他用健壯的雙臂抱起他的孩子，並擁抱夫人，露出燦爛的笑容……「謝謝你，男孩。」他低聲說道。

「他們都在這裡，老爺，他們會在這裡等著您。」

幻象結束了。我依然跪在庭院裡，握著賈克爵士的手。他的雙眼還是茫然地盯著空中……但是嘴角微微上揚，露出淺淺微笑。謝謝你，男孩。

感謝您對我的仁慈，您一直都對我這麼好。我站起身來，跟狗兒說：陪在他身邊，他需要你們。

當然啦，男孩，男孩。他們有的把頭擱在他的大腿上，有的蜷伏在他腳邊。

我離開了庭院。天堂真是太美妙了！夫人真是美麗。總有一天我會和她還有孩子再次相見；總有一天我會再度遇到賽昆杜斯，感謝他拯救了我。

但現在還不是時候，我還有工作要做。工作……和一些其他的事。

我走下山坡，山坡上到處都是在剪葡萄的人。我穿越道路，是賽昆杜斯半年前走的那條路，當時他的手掌上留下了被聖彼得肋骨燙傷的疤痕。

有如雷鳴般轟隆隆的蹄聲傳來，是山羊！咩！他們大叫。你跑到哪裡去了？他們高興地咩咩叫，還在我身邊跳來跳去，就像狗兒一般。你離開了超級久！小山羊開心地用頭彼此互頂。

我回來了，山羊！你們都不知道我有多想念你們。

我們一起散步去果園時，山羊堅持要我回答他們的問題：你為什麼要離開？

怎麼說呢？我仔細地想了一下。我之前在執行一項任務，我得找到家園。

家園？咩。他們甩著頭，家園就在這裡啊。

我咯咯笑著，我花了點時間才弄懂這件事。我看看身後的莊園，每個人都在忙著收成，廚娘大聲下著指令。要是沒有她，我們會變成什麼樣子？我花了點時間才找回我自己。

我們走進精心修剪過的果園，這毫無疑問也是廚娘的傑作。我們走到一棵樹前——這是與賽昆杜斯相遇那天，我爬上去的樹。我經常夢到當時的場景。

每天晚上，我展開翅膀，就會想起我必須重啟新生活的那個地方。以前這棵樹看起來好高，從樹頂看出去的視野好寬廣，現在我的眼界又更開闊了。

有蘋果！山羊大叫。餵我們吃！蘋果好吃！

我笑著說：你們的食物已經足夠了吧，這些貪吃的傢伙。我把脫下來的短上衣綁在腰上。

我又確認了一次周遭的情況：沒有人會看到我。

我滿懷喜悅地嘆了口氣，伸出翅膀。九月的陽光照耀著我白色、藍色、鮮紅色的羽毛，還有羽毛上的金色斑點。喔，我的翅膀一直在耐心等待。

我透過長滿了蘋果的樹枝，望向湛藍的秋日天空。三月的時候，我曾經爬上這棵樹；沒錯，我努力爬到最頂端的樹枝然後跳下來，就只為了享受飛翔的感覺。

不過那已經是半年前的事了。

咩！山羊在我身邊跳來跳去。你要爬上去嗎，男孩？你要爬上去嗎？

我拍拍他們，享受微風吹拂在我羽毛上的感覺。我不需要爬。

我展開翅膀，飛翔。

後記

《沒有名字的男孩》的故事背景設定在西元一三五〇年的聖年，那一年有數十萬名基督徒前往羅馬朝聖，不過當時的日子可不好過。淋巴腺鼠疫（即黑死病）才剛奪去全歐洲三分之一人口的性命，英格蘭、法國、德國、義大利、荷蘭、西班牙又烽煙四起；領不到薪酬的士兵成群結黨，劫持了一座座城市作為他們的人質。人民時時刻刻都生活在饑荒的威脅之下，因為他們難以種植作物，運輸糧食更是難上加難。

其中羅馬的災情尤為嚴重。教宗早在十四世紀初就離開了羅馬，前往法國的城市亞維儂。隨著他的離去，羅馬不但失去統治階層，更失去了大多數財富。一三四〇年代，一場血腥的內戰摧毀了羅馬城內的眾多建築和無數家庭。緊接著，有如雪上加霜一般，一三四九年九月又有一場地震襲來。

詩人佩脫拉克在聖年到訪羅馬時，寫道：

房屋都有如被推倒了一般，牆壁傾倒在地面上。神殿塌陷，聖堂毀壞，法律被人踩在腳下踐踏……世界天主教會母堂依然聳立，但失去了屋頂，只能任由風雨侵襲。聖彼得與聖保羅神聖的安眠之所搖搖欲墜……

之後前往羅馬的旅人也留下了紀錄，表示夜間聽見野狼在他的門外嗥叫。在那個聖年，前往朝聖的旅人都聚眾行動，以防土匪襲擊；找到睡床時，會四個人擠在一張床上睡，找到食物時也會一同分食。他們會前往聖彼得的墓園，也會去聖保羅的墓地，因為他們相信這兩座教堂分別保存了兩位聖人的部分遺體。朝聖者還會前往世界天主教會母堂，帶著驚嘆之情瞻仰栩栩如生的蠟製聖人頭像。

如同《沒有名字的男孩》中所描述的，在中世紀時期，無論對健康、交易還是名望而言，聖遺物都是非常重要的物品。國王會帶著他們收集的聖遺物一起旅行，並向民眾展示這些聖遺物，證明自己擁有強大的權力。各個城市及各間修道院會互相偷取聖遺物，甚至公開吹噓自己竊取到的戰利品。看到中世紀的人對那些骨頭碎片和破布片表現出的狂熱之情，現今的讀者或許會感到不安或是好笑，不過現代的名人紀念館同樣也放滿了名人用過的吉他撥片、汗濕的球衣和裂開的皮製球。這麼一想，我們和一千年前那些忘我追尋聖遺物的朝聖者，其實也沒什麼不同吧？

到羅馬聖保羅教堂參訪的觀光客至今仍可看到棺材蓋上的洞，也就是朝聖者過去會放進長布條的那個洞；教堂裡也收藏了過去幾個世紀以來朝聖者留下的錢幣，十分可觀。一九四〇年代，於聖彼得教堂進行挖掘任務的考古學家在地板下發現了一座古老的墳墓，而且墓裡真的有「彼得」的骨頭[10]。聖彼得的頭顱至今依然安置在世界天主教會母堂裡，這間教堂現在比較廣為人知的名稱是「拉特朗聖若望大殿」，與聖保羅的頭顱並列在金色的容器中，高高擺在祭壇上，四周用鍍金的粗欄杆圍起加以保護。

10．他們找到的那副男性骨骸與聖彼得的年紀和體型相仿，死亡時期也大致是在聖彼得的時代，而且那位男性名為「彼得」（拉丁文為「伯多祿」(Petrus)）。

小說精選
沒有名字的男孩

2020年10月初版
2024年9月初版第三刷
有著作權・翻印必究
Printed in Taiwan.

定價：新臺幣350元

著　　者 Catherine Gilbert Murdock
譯　　者 曾馨儀
繪　　者 張梓鈞
叢書編輯 葉倩廷
校　　對 鄭碧君
內文排版 杜嘉凌
封面設計 莊謹銘

出　版　者 聯經出版事業股份有限公司
地　　　址 新北市汐止區大同路一段369號1樓
叢書主編電話 (02)86925588轉5312
台北聯經書房 台北市新生南路三段94號
電　　　話 (02)23620308
郵政劃撥帳戶第0100559-3號
郵撥電話 (02)23620308
印　刷　者 文聯彩色製版印刷有限公司
總　經　銷 聯合發行股份有限公司
發　行　所 新北市新店區寶橋路235巷6弄6號2樓
電　　　話 (02)29178022

副總編輯 陳逸華
總 編 輯 涂豐恩
總 經 理 陳芝宇
社　　長 羅國俊
發 行 人 林載爵

行政院新聞局出版事業登記證局版臺業字第0130號

本書如有缺頁，破損，倒裝請寄回台北聯經書房更換。 ISBN 978-957-08-5605-7 (平裝)
聯經網址：www.linkingbooks.com.tw
電子信箱：linking@udngroup.com

國家圖書館出版品預行編目資料

沒有名字的男孩/Catherine Gilbert Murdock著．曾馨儀譯．初版．新北市．聯經．2020年10月．320面＋1張彩色摺頁．14.8×21公分（小說精選）
譯自：The book of boy
ISBN 978-957-08-5605-7（平裝）
[2024年9月初版第三刷]

874.57　　109012197